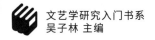

文艺学研究入门书系
吴子林 主编

 NCIENT
CHINESE
LITERARY THEORY

# 中国古代文论

姚爱斌◎著

浙江工商大学 出版社 | 杭州
ZHEJIANG GONGSHANG UNIVERSITY PRESS

图书在版编目（CIP）数据

中国古代文论 / 姚爱斌著. -- 杭州 : 浙江工商大学出版社, 2025. 5. -- （文艺学研究入门书系 / 吴子林主编）. -- ISBN 978-7-5178-6389-2

Ⅰ. I206.2

中国国家版本馆 CIP 数据核字第 2025R91F26 号

# 中国古代文论
ZHONGGUO GUDAI WENLUN

姚爱斌 著

| | | |
|---|---|---|
| 出 品 人 | 郑英龙 | |
| 策　　划 | 任晓燕　陈丽霞 | |
| 责任编辑 | 刘志远　陈　瑶 | |
| 责任校对 | 都青青 | |
| 封面设计 | 朱嘉怡 | |
| 责任印制 | 屈　皓 | |
| 出版发行 | 浙江工商大学出版社 | |
| | （杭州市教工路 198 号　邮政编码 310012） | |
| | （E-mail：zjgsupress@163.com） | |
| | （网址：http://www.zjgsupress.com） | |
| | 电话：0571-88904980，88831806（传真） | |
| 排　　版 | 杭州浙信文化传播有限公司 | |
| 印　　刷 | 杭州高腾印务有限公司 | |
| 开　　本 | 880 mm × 1230 mm　1/32 | |
| 印　　张 | 8.125 | |
| 字　　数 | 149 千 | |
| 版 印 次 | 2025 年 5 月第 1 版　2025 年 5 月第 1 次印刷 | |
| 书　　号 | ISBN 978-7-5178-6389-2 | |
| 定　　价 | 42.00 元 | |

# 总　序

主编这套书系的动机十分朴素。

文艺学在文学研究中一直居于领军地位，对于文学研究的各个领域有着重要的方法论意义。然而，真正了解文艺学研究现状及其态势者并不多。出于实用主义的考虑，大多数文学专业的本科生、研究生并未能较为深入地理解和把握"批评的武器"。为了满足广大文学爱好者、研究者的理论需求，我们组织编写了这套"文艺学研究入门书系"。

"文艺学研究入门书系"共 10 本，分别是《马克思主义文学理论》《文学基本理论》《中国古代文论》《西方文论》《比较诗学》《文艺美学》《艺术叙事学》《网络文学》《媒介文化》《文化研究》。这套书系的作者都是学界的中坚力量，他们在各自的领域深耕细作数十年，对其中的基本概念、范畴、命题，以及研究论题、研究路径、发展方向等都了如指掌，并有自己独到的见地。

"文艺学研究入门书系"旨在提供一个开放的思想/理论空间，每本书都在各章精心设计了"研讨专题"，还有相关的"拓展研读"，以备文学爱好者、研究者进一步阅读、探究之需，以期激活、提升其批判性的理论思维能力。

"文艺学研究入门书系"重视理论的指导性与实践性，在叙述上力求简明扼要、深入浅出，努力倡导一种学术性的理论对话，在阐释各种理论的过程中，凸显自己的"独得之秘"。

我希望"文艺学研究入门书系"的编写、出版对广大文学爱好者、研究者有所助益。让我们以昂扬奋发的姿态投身于这个沸腾的时代，用自己的双手和才智开创文艺学研究的美好未来。

是为序。

吴子林

2024 年 5 月 22 日于北京不厌居

# 目　录 //Contents

**第九章** ——— 词体与境界 ——————————— *223*

# 第一章

*/Chapter 1/*

# 何谓"文章"？

　　中国古代文论是中国古代关于各种文章活动（包括文章写作、接受、批评、发展等）及其关系的理论，因此"文章"（或简称"文"，以下统称"文章"）是中国古代文论中一个最基本的概念，也是中国古代文论中产生最早的概念之一。通过对"文章"概念生成、发展历史的梳理，可以理解"文章"概念的原初内涵，了解"文章"概念从文化到文学的广狭之变。

第一节 ●
●
“文章”概念的两个基本规定 ●

综观先秦两汉时期关于“文”的界定、描述和说明，“文”的特征和意义主要是通过两组相对关系来体现的。

一是相对于单一事物或单一形式而言的更为复杂的事物组合或形式结构。许慎《说文解字》释“文”曰：“文，错画也。”① 这是古人对“文”字所作的一个最朴素的解释，其所说的“错画”（交错之画）即与单一之画相对而言的概念。《周易·系辞下》云：“物相杂，故曰文。”② 这是古人对于“文”的概念的一个概括说明，其所说的“相杂”之物也是与单个事物相对而言的。《周礼·冬官·考工记》云：“画缋之事……青与赤谓之文。”③ 这是以相互搭配的青赤二色与单一的青色或赤色相对。《礼记·乐记》：“五色成文而不乱。”④ 这是以青、

① ［汉］许慎撰，［清］段玉裁注：《说文解字注》，上海古籍出版社 1988 年版，第 425 页。
② ［魏］王弼、韩康伯注，［唐］孔颖达等正义，黄侃经文句读：《周易正义》，上海古籍出版社 1990 年版，第 177 页。
③ ［汉］郑玄注，［唐］贾公彦疏，彭林整理：《周礼注疏》，上海古籍出版社 2010 年版，第 1605 页。
④ ［汉］郑玄注，［唐］孔颖达正义，吕友仁整理：《礼记正义》，上海古籍出版社 2008 年版，第 1506 页。

黄、赤、白、黑五种颜色的有规律组合与每一种单色相对。《国语·郑语》云："色一无文。"① 则是将杂色成文总结为一般性的规律。刘熙《释名·释言语》："文者，会集众采以成锦绣，会集众字以成词谊，如文绣然也。"② 锦绣之文是相对于单一色彩的"众采"之会集，文辞之文是相对于单个文字的"众字"之会集。这一组相对关系主要体现的是"文"自身的具体构成和特征。

二是相对于事物本体而言的表现形式、外在修饰或后天加工。孔颖达《周易正义·乾卦·文言疏》："文谓文饰。"③ "饰"既体现了"文"自身的形式之美，又体现了"文"的修饰功能。既为修饰，自然离不开被"饰"之物，这个被"饰"之物就是"文"之所属的本体。无论是自然之文，还是人为之文，莫不如此。如刘勰《文心雕龙·原道》谓"日月叠璧，以垂丽天之象"，此为天之文，所饰之本体为昊天；又谓"山川焕绮，以铺理地之形"，此为地之文，所饰之本体为大地；又谓"龙凤以藻绘呈瑞，虎豹以炳蔚凝姿"，这是动物之文，所饰之本体为各种动物生命；又谓"草木贲华，无待锦匠之奇"，这是植物之文，所饰之本体为各种植物生

---

① 徐元诰撰，王树民、沈长云点校：《国语集解》（修订本），中华书局2002年版，第472页。
② ［汉］刘熙撰，［清］毕沅疏证，［清］王先谦补：《释名疏证补》，中华书局2008年版，第109页。
③ ［魏］王弼、韩康伯注，［唐］孔颖达等正义，黄侃经文句读：《周易正义》，上海古籍出版社1990年版，第15页。

命。[①] 至于人类创造的各种类型、各种形式的社会性之"文"，也各有其所饰之本体。如书写文字是记载言辞的符号，也是对言辞的修饰，其本体是口头所说之言；"礼乐"是仁义的外化和修饰，其本体是生命的内在仁义之心；当"礼"与"乐"结合在一起，"礼"又是"乐"这个本体的外在表现，成为"乐"之"文"。

因此，在传统"文"之观念（不同于后来的"文体"观念）中，就同时存在两种相反相对而又相互依存的意义指向：一方面有不断彰显、突出文之形式结构的内在趋向，所谓"踵其事而增华，变其本而加厉"；另一方面又总是或显或隐地指向其所附属的不同层次的本体之物，并由各种"文"与其所属本体的关系规定着其根本意义和价值。传统"文"之概念中的这两种意义关系在华夏"轴心文明"产生前后的先秦时期即已发展得非常充分。如《易·贲卦》"象辞"云："刚柔交错，天文也；文明以止，人文也。观乎天文，以察时变；观乎人文，以化成天下。"[②] 世界上一切"文"被划分为"天文"与"人文"两大基本类型：一切自然之"文"归于"天文"，一切人造之"文"归于"人文"。所有种类的"天文"莫不从属于天，故整体上以"天"（自然存在之物，如天地

---

① ［南朝梁］刘勰著，范文澜注：《文心雕龙注》，人民文学出版社1958年版，第1页。
② ［魏］王弼、韩康伯注，［唐］孔颖达等正义，黄侃经文句读：《周易正义》，上海古籍出版社1990年版，第64页。

动植等）为其本体；各种类型的"人文"莫不由人所作并因人而设，故整体上以"人"为其本体。"人文"一词的出现标志着"文"的创造和观念都已发展至相当成熟、系统的阶段。在此观念之下，华夏先民所创造的一切近及身、远及诸物的文化形式和文化成果已被视为一个以"人"为核心的层次分明的文化系统。当华夏先人通过劳动创造使自己的生活环境充满"人文"之美时，人自身的"文"化程度也日益提高。至少在殷商时代，"文"已成为对人的一个至高至上的美称。

西周是华夏"人文"意识全面高涨的时代。鉴于商纣失德而亡天下的教训，周人一方面敬畏天命，勤修"文德"，以德化民，以德怀远，深化了内在文德修养的观念和功夫；另一方面又建立了一整套完备的礼乐文教制度，作为周代贵族修德、敬天、法祖的制度保障，维护宗法制度的"尊尊"之等级与"亲亲"之和谐，促进了"文"的外向性发展。以"人"这一本体存在为中心，周人内修文德，外备文章，分别从内在人性和外在制度这两个层面将华夏"人文"发展到一个灿烂炳焕的阶段。首先，从"文"的内向发展来看，殷商时代尚作为泛化美称的"文"被周人赋予了愈来愈丰富明确的道德内涵。《尚书·周书》中屡见的"文人""文祖""前文人"等词，表明周初延续了殷商以"文"为先祖美称的传统。但鉴于"大邦国"殷商一战而亡（牧野之战）的教训，周统治者深感天命靡常，故而对自身品德有了非常自觉的要求和非常勤勉的修养。在这一背景下，"文"与"德"建立了密切联系，获得了更具体的文化内涵。[①]周代金文和传世文献如《诗》《书》等记载，"德"是以"文"为美称者的一个重要品质。在周人心目中，"文王"是"文德"的典范，最鲜明地体现了"人心之文"（忞）。《诗·大雅·文王》全篇即是叙述文王勤勉为政、恭事上帝、体恤下民的用心，所谓"亹亹文王，令闻不已""世之不显，厥犹翼翼""穆穆文王，于缉熙敬止"，都是反复强调文王修德怀人的功夫；同时要求殷之遗民以文王为则，敬服天命，勤修美德，所谓"无念尔祖，聿修厥德""命之不易，无遏尔躬"。[②]自西周至春秋，修文德而王天下始终是一种理想的内政外交之道。《国语·周语》云："有不王则修德。"[③]《论语·季氏篇》曰："故远人不服，则修文德以来之。"[④]表达的都是这种观念。

　　以"德"为"文"，固然有异于纯粹外在的"人身之文"，

---

① 李泽厚认为："'德'在周初被提到空前的高度，与周公当时全面建立以王的政治行为为核心的氏族—部落—国家的整套规范体制即'制礼作乐'有关。这个'制礼作乐'的'德政'可分为内外两个方面：'敬'和'礼'。'敬'即畏敬，包括恐惧、崇拜、敬仰种种心理情感……这即是'德'的内向化或内在化，而最终成为首先要求于政治首领的个体品德力量……'德'的外在方面便演化为'礼'。'夫德，俭而有度，登降有数，文、物以纪之，声、明以发之，以临照百官，百官于是乎戒惧，而不敢易纪律。'（《左传·桓公二年》）"见李泽厚：《由巫到礼 释礼归仁》，生活·读书·新知三联书店2015年版，第22—24页。
② 周振甫译注：《诗经译注》，中华书局2002年版，第396—397页。
③ 徐元诰撰，王树民、沈长云点校：《国语集解》（修订本），中华书局2002年版，第7页。
④ 杨伯峻译注：《论语译注》，中华书局1980年版，第172页。

但就人之整体而言，"德"仍然属于对自然质野的人心和人性的后天文饰与修养。这两类"文"虽有层次浅深之别，但就其作为"文"来说，都是对人之本然状态的修饰和美化。正是在这个意义上，周人将人之道德修养的方方面面都归于"文"："夫敬，文之恭也。忠，文之实也。信，文之孚也。仁，文之爱也。义，文之制也。智，文之舆也。勇，文之帅也。教，文之施也。孝，文之本也。惠，文之慈也。让，文之材也。"[①] 这段文字并不是将"文"视为一个有机整体去分析其内部结构，而是详列"文"的各种具体表现和类型。

与敬修"人心之文"相应，周人又向外发展了一套层次丰富、体系完备的礼乐制度之"文"。孔子"郁郁乎文哉！吾从周"（《论语·八佾篇》）的赞叹，主要就是针对西周初开始建立的这一整套粲然可观、秩然有序的礼乐制度而发的。在周代"三礼"中详列的各种在今人看来不胜繁缛的礼仪规范中，在《左传》细述的种种内政外交场合屡见不鲜的揖让周旋、赋诗言志活动中，在《国语》记载的无数发生于君臣使节之间的酬酢应对、从容辞令中，可以真切感受到周代渗透进每一个政治场景和生活细节的礼乐辞令之"文"，可谓无处不在，无物不备。

---

① 徐元浩撰，王树民、沈长云点校：《国语集解》（修订本），中华书局2002年版，第88—89页。

第二节 ●
"文章"与周代"人文"观 ●

"文章"一词的出现，更强烈鲜明地体现了周人重外向性规范、修饰和美化"文"的观念。"文章"本字为"彣彰"，在"文章"二字上益之以"彡"，意在增强形饰之美。《说文》："彣，𫄧也。从彡文。"段注："𫄧，有彣彰也。是则有彣彰谓之彣，彣与文义别。凡言文章皆当作彣彰，作文章者，省也。文训逪画，与彣义别。从彡文。以毛饰画而成彣彰，会意。"①段氏谓"彣"与"文"意义有别，当是指二字所表示的文饰程度有异，而"彣彰"连用，更强化了形饰之美。《周礼·冬官·考工记》谓："青与赤谓之文，赤与白谓之章，白与黑谓之黼，黑与青谓之黻，五采备谓之绣。"②虽然这未必就是"彣彰"的初始本义，却从色彩搭配组合的角度突出了"彣彰"一词所蕴含的形式装饰意味。

---

① ［汉］许慎撰，［清］段玉裁注：《说文解字注》，上海古籍出版社 1981 年版，第425 页。章太炎《国故论衡·文学总略》则认为："彣彰"，"古者或无其字，本以'文章'引申"，"独以五采彰施五色，有言黻、言黼、言文、言章者，宜作'彣彰'"。
② ［汉］郑玄注，［唐］贾公彦疏，彭林整理：《周礼注疏》，上海古籍出版社 2010 年版，第 1606 页。

"文章"概念的出现，标志着"周文"尤其是其中的礼乐制度之"文"已发展到高度成熟的阶段，类型更加完备，形式更加精美，层次也更加丰富。故孔子盛赞尧，曰："巍巍乎其有成功也，焕乎其有文章。"① 弟子称道孔子，曰："夫子之文章，可得而闻也；夫子之言性与天道，不可得而闻也。"② 又《左传·昭公十五年》："奉之以土田，抚之以彝器，旌之以车服，明之以文章。"③ 季镇淮在《"文"义探原》中对"周文"所蕴含的"装饰"意义做过充分阐释，他说："装饰的意义，存在事物的关联上而无止境。'文章'之为用在装饰；装饰的意义无止境，'文章'的涵义的扩张亦无止境。大概基于天性罢，从原始的野蛮人到高级的文化人，无时无地不喜爱装饰。在中国，春秋时人恐怕是最考究的了……这时代人对于装饰，具有真挚的感情，广义的看法。不但器物（车马衣服之类）上的绘画或刺绣的图象叫'文'或'文章'，就是那器物对于一个人或国家也叫'文'或'文章'。比方说话，对于人原只是一种功用，但这时代人以为也是一种装饰。自然，那所谓文学——诗书礼乐等，也是人的装饰了。于是大而言之，政治经济社会的种种制度，对于国家，也都是一种装饰。"④

---

① 杨伯峻：《论语译注》，中华书局1980年版，第83页。
② 杨伯峻：《论语译注》，中华书局1980年版，第46页。
③ 杨伯峻：《春秋左传注》，中华书局2016年版，第1523页。
④ 季镇淮：《季镇淮文选》，北京大学出版社2010年版，第19—20页。

综观周人关于"文"的种种表述，尽管在言及"文"之具体类型时会描述、呈现其内部的系统构成，如"礼""乐"分别为两种最重要的"周文"，而"礼"又有其自身的"本""器"和"文"①，"乐"也有其自身的"情""声"和"文"②，但就周人对"文"这一概念的直接用义来看，周人并未自觉地将作为"文"的礼乐等各种类型层次的"文"本身视为自足独立的本体。事实上，周人以"文"称礼乐言辞种种，正是为了显示礼乐言辞等相对于所属本体事物的文饰性质和美化价值，而非其自身独立的本体存在。

细察周人关于"文"的各种表述，无论是仁、义、智、信、孝、慈等内在之"文"，还是礼乐、言辞、章服、车饰等外在之"文"，其意义都在于"成人"，皆须与人这一本体存在结合起来。如《论语·宪问篇》："子路问成人。子曰：'若臧武仲之知，公绰之不欲，卞庄子之勇，冉求之艺，文之以礼乐，亦可以为成人矣。'"③根据前文分析，"知"、"不欲"（即"廉"）、"勇"、"艺"也应该是"文"，属于人心内在之"文"，"礼乐"则是外显之"文"，是对人心之"文"的进一步修饰，而这两个层次的"文"都属于对自然之"人"的美

---

① 《论语·八佾》："林放问礼之本。子曰：'大哉问！礼，与其奢也，宁俭；丧，与其易也，宁戚。'"
② 《礼记·乐记》："凡音者，生人心者也。情动于中，故形于声。声成文，谓之音。""乐者，心之动也。声者，乐之象也。文采节奏，声之饰也。君子动其本，乐其象，然后治其饰。"
③ 杨伯峻：《论语译注》，中华书局1980年版，第149页。

化和修养，是"成人"的必要条件。又《荀子·臣道篇》："礼义以为文。"①荀子所说的外在之"礼"和内在之"义"，自然都是"人"之文。又《礼记·乐记》："乐由中出，礼自外作。乐由中出，故静；礼自外作，故文。"②尽管"乐"与"礼"的出发点有中外之别，但无论是"由中出"的乐，还是"自外作"的礼，都植根于天地人情，是天地人情之"文"。再如《韩非子·解老篇》："礼者，所以貌情也，群义之文章也。"又言："礼为情貌者也，文为质饰者也。"③《国语·鲁语下》："服，心之文也。"④或言礼，或言服，都是以不同形式从不同层面对人之生命的修饰。

言辞也在这种相对意义上被称为"文"。如《左传·僖公二十四年》载介之推语："言，身之文也，身将隐，焉用文之？"⑤《国语·晋语五》载宁嬴氏语："言，身之文也，言文而发之，合而后行，离则有衅。"⑥《礼记·儒行》："言谈者，仁之文也。"⑦《礼记·表记》："是故君子服其服，则文以君

① ［清］王先谦撰：《荀子集解》，中华书局2013年版，第250页。
② ［汉］郑玄注，［唐］孔颖达正义，吕友仁整理：《礼记正义》，上海古籍出版社2008年版，第1472页。
③ ［战国］韩非：《韩非子》，商务印书馆2016年版，第200、202页。
④ 徐元诰撰，王树民、沈长云点校：《国语集解》（修订本），中华书局2002年版，第187页。
⑤ 杨伯峻：《春秋左传注》，中华书局2016年版，第457页。
⑥ 徐元诰撰，王树民、沈长云点校：《国语集解》（修订本），中华书局2002年版，第376页。
⑦ ［汉］郑玄注，［唐］孔颖达正义，吕友仁整理：《礼记正义》，上海古籍出版社2008年版，第2233页。

子之容；有其容，则文以君子之辞；遂其辞，则实以君子之德。"[1] 称"言"为"身之文"，这是统而言之；而以"言谈"为"仁之文"，以"辞"为文，以"德"为实，这是具而言之。周人将言辞归于"文"，显然并非着眼于言辞自身的内在特征，而是着眼于言辞相对人（含"身""仁""德"等）之本体存在的从属性、修饰性和表现性。进言之，"言"又有其自身之文。如《左传·襄公三十一年》："动作有文，言语有章。"[2]"言语"一方面属于人身之"文"，另一方面又有其自身之"文"（"章"），如语法、修辞、韵律、章法等。

周人之"文"的内涵和系统正是通过这种多层次的文饰与本体的相对关系呈现的。从具体的相对关系来看，每个层次的"文"所属的本体皆有不同，但从其中所体现的"文"的观念模式来看，所有层次的"文"都被视为一种与本体相对的存在，周"文"与本体的相对关系因这种层次细分而呈现得更加充分。与周相比，其他时代未曾有过像周人这样广泛、频繁、直接地使用"文"来指称和评价几乎所有种类和层次的文化。"文"作为共名贯穿于所有文化层面，分施于所有文化现象，极广大而又极精微，极概括而又极具体。

---

① ［汉］郑玄注，［唐］孔颖达正义，吕友仁整理：《礼记正义》，上海古籍出版社 2008 年版，第 2065 页。

② 杨伯峻：《春秋左传注》，中华书局 2016 年版，第 1322 页。

在"文"这个共名的层面上，"郁郁周文"的性质和意义被统一起来了：所有的"文"都因附属于"人"而存在，都属于"人"的内外文饰和修养。正是在这个意义上，周人称自己所建立的文化为"人文"。"人文"这一称谓在突出"周文"灿烂成就的同时，也规定了"周文"的存在本体和价值主体——"人"才是一切"周文"的本体根基和意义指向。

在这种"周文"语境中，《易》《诗》《书》《礼》《乐》等典籍之文被突出的自然是其"修身""立人""成人"的道德教育功能。"兴于诗，立于礼，成于乐""行有余力，则以学文""诗，可以兴，可以观，可以群，可以怨。迩之事父，远之事君；多识于鸟兽草木之名"以及"不学诗，无以言""绘事后素"等论诗之语，其用意都主要是突出典籍之文的社会功能，而非典籍之文自身的本体特征。《荀子·儒效篇》："故《诗》《书》《礼》《乐》之归是矣。《诗》言是，其志也；《书》言是，其事也；《礼》言是，其行也；《乐》言是，其和也；《春秋》言是，其微也。"[1] 虽然对五部典籍的内容有所区分，但整体上又将所有典籍视为通向"道"的途径。战国时期形成的《孔子诗论》中，虽然不再有春秋时代"文学"中盛行的主观性和功用性很强的"断章取义"式引用和

---

[1] ［清］王先谦撰：《荀子集解》，中华书局 2013 年版，第 133 页。

"引譬连类" 式理解，但其解读仍然偏重于阐发诗篇中所蕴含的道德主题。[1]

---

[1] 如上博简《孔子诗论》第十简："《关雎》之改，《樛木》之时，《汉广》之知，《鹊巢》之归，《甘棠》之保，《绿衣》之思，《燕燕》之情，盖曰终而皆贤于其初者也。"见陈桐生：《〈孔子诗论〉研究》附录一《〈孔子诗论〉简注》，中华书局 2004 年版，第 263 页。

第三节 ∵
汉代的"文章"观 ∵

因历代帝王的倡导和推动，汉代辞赋写作大盛，同时应帝国政事和民间伦常之需，奏议、诏策、章表、书序、铭箴、碑诔等各体文章写作日繁，文章作者日众。反映在文论概念层面，即表示言辞的"文章"概念从先秦以来广义外饰的"文章"概念中分化出来，"文章"概念开始明确而普遍地指称各类文辞写作之"文"。如刘向《说苑·贵德》篇："是以百王尊之（按指孔子），志士法焉，诵其文章，传今不绝，德及之也。"①《晏子叙录》："晏子盖短。其书六篇，皆忠谏其君，文章可观，义理可法，皆合六经之义。"②扬雄《长杨赋》序："雄从至射熊馆，还，上《长杨赋》，聊因笔墨之成文章，故借翰林以为主人，子墨为客卿以风。"③应劭《奏上删定律令》："其见《汉书》二十五，《汉记》四，皆删叙润色，以全本体。其二十六，博采古今之瑰玮之士，文章焕炳，德义

---

① ［汉］刘向撰，程翔评注：《说苑》，商务印书馆 2018 年版，第 179 页。
② ［清］严可均辑：《全上古三代秦汉三国六朝文》（第一册），河北教育出版社 1997 年版，第 600 页。
③ ［汉］班固撰，［唐］颜师古注：《汉书》，中华书局 1962 年版，第 3557 页。

可观。"① 这些记载和表述都明确称各类以文辞写就的作品为"文章"，且其外延非常广泛，包括孔子整理的儒家经典，《晏子》一类的子书，《汉书》《汉记》之类的史著，扬雄《长杨赋》之类的辞赋，指陈世政的政论之文，等等。《汉书》的多篇志、传对西汉"文章"创作的繁荣状况有更集中完整的记录和评述。如《汉书·地理志》："后有王褒、严遵、扬雄之徒，文章冠天下。"②《汉书·扬雄传》："实好古而乐道，其意欲求文章成名于后世，以为经莫大于《易》，故作《太玄》；传莫大于《论语》，作《法言》；史篇莫善于《仓颉》，作《训纂》；箴莫善于《虞箴》，作《州箴》；赋莫深于《离骚》，反而广之；辞莫丽于相如，作四赋：皆斟酌其本，相与放依而驰骋云。"③《汉书·公孙弘卜式兒宽传》："汉之得人，于兹为盛，儒雅则公孙弘、董仲舒、兒宽，……文章则司马迁、相如……孝宣承统，纂修洪业，亦讲论六艺，招选茂异，……刘向，王褒以文章显……"④ 从《汉书》中有关"文章"的这几则文献可以看出以下几点。

第一，先秦时期整体泛化的"文章"观念在汉代出现了明显分化，一方面是作为先秦时期"文章"之核心的儒家传统典籍如《易》《诗》《书》《礼》《春秋》等被归入"儒术"

① ［南朝宋］范晔撰，［唐］李贤等注：《后汉书》，中华书局1965年版，第1613页。
② ［汉］班固撰，［唐］颜师古注：《汉书》，中华书局1962年版，第1645页。
③ ［汉］班固撰，［唐］颜师古注：《汉书》，中华书局1962年版，第3583页。
④ ［汉］班固撰，［唐］颜师古注：《汉书》，中华书局1962年版，第2634页。

名下，另一方面则是原来广义的"文章"一词开始普遍用于专指汉代辞赋家创作的"文辞"类作品。从更深层的概念表意机制来看，"文章"概念外延的这一时代性转移又是符合其内在规定性的——"文章"一词在具体使用中总是倾向于指称那些相对而言更复杂、更繁复的事物形式和结构。因此，当汉代那些远比先秦典籍繁复富丽的辞赋类作品大量出现时，自然会成为"文章"概念新的指归。

第二，"文章"概念在汉代出现分化并转向专指的现实基础，是汉代各种文章尤其是辞赋类文章写作的繁盛和壮大，文辞写作及其作者群体崛起成为汉代出现的一种突出的具有标志意义的文化现象。《汉书》将"文章"与"儒雅""定令"等并列，表明"文章"写作已被视为与"儒雅""笃行""质直""推贤""定令""滑稽""应对"等有所区别的一项独特的能力、品质和专长。事实上，汉代的很多"文章"家的确像扬雄那样对文章写作有着非常自觉的意识和实践，或致力于借文章显名于当时，或追求以文章扬名于后世。学习和写作"文章"不再是孔子所说的"行有余力"时所为之末事，而是成为值得付诸全部精神和生命的终生志业。

第三，扬雄分别以《易》为"经"文之典范、《论语》为"传"文之典范、《仓颉》为"史篇"之典范、《虞箴》为"箴"文之典范、《离骚》为"赋"之典范、相如文为"辞"之典范，拟撰和创作了《太玄》《法言》《训纂》《州箴》《反离骚》《羽猎赋》《甘泉赋》等各类文章，表明其在文章写作上实际上已有了非常自觉的"文体"类型的区分意识。再对照《汉书·艺文志·诗赋略》中的诗赋分类及《后汉书·文苑传》中所列的书、铭、诔、吊、赞、颂、连珠、碑、策、箴、论、笺、奏、书、令、檄、谒文等各类文体之名[①]，可知在以"文体"（或"体"）概念为核心的"文体"论产生之前的汉代，各类文体写作已经成为普遍事实。

尽管如此，在汉代文论层面，仍如先秦时期的文章论那样突出"文章"自身的文采形式特征，特重"文章"对社会事物尤其是汉帝国功业的润饰功能，强调"文章"在政治教化领域中的揄扬讽喻功能，而尚未形成对各类文章自身内在本体结构的自觉认识和理论总结。相关观点要之有二。

一是"空文"说。如司马迁《报任安书》："思垂空文以自见。"李善《文选》注云："空文，谓文章也。自见己情。"[②]又《史记·太史公自序》引上大夫壶遂言："孔子之时，上无明君，下不得任用，故作《春秋》，垂空文以断礼义，当一王之法。"[③]又《史记·日者列传》载西汉卜者司马季主评当世所谓"贤者"之行："初试官时，倍力为巧诈，饰虚功执空文

---

① 参看赵敏俐：《"魏晋文学自觉说"反思》，《中国社会科学》2005 年第 2 期。
② ［南朝梁］萧统编，［唐］李善注：《文选》，中华书局 1977 年版，第 581 页。
③ ［汉］司马迁撰，［宋］裴骃集解，［唐］司马贞索隐，［唐］张守节正义：《史记》（点校本二十四史修订本），中华书局 2013 年版，第 4005 页。

以調主上，用居上为右。"① 又《盐铁论·非鞅》："故贤者处实而效功，亦非徒陈空文而已。"② 称"文章"为"空文"是相对于"得（到）任用"（入仕）而言，是相对于"处实而效功"而言，这是西汉前期社会阶层价值观在文章观中的直接体现。

二是"润色"说。班固《两都赋序》云："大汉初定，日不暇给。至于武、宣之世，乃崇礼官，考文章，内设金马石渠之署，外兴乐府协律之事，以兴废继绝，润色鸿业。"③ 在这里，"言语侍从"所作的辞赋之"文章"与广义的礼乐之"文章"被同一视之，皆属于汉帝国伟业的"润色"。而且，言语文辞本有的自由表现功能让这些"言语侍从"将狭义"文章"的"润色"功能发挥到极致，"假象"与"逸词"共篇，"辩言"与"丽靡"一体。汉代的文章"润色"说是"文章"观念自身发展到极致和顶峰的产物，是"文章"概念所含的"事物本体之外饰"这一内在规定性的充分而集中的展开。当汉代"文章"实践在辞赋写作中登峰造极时，"文章"的外饰功能也在汉代的辞赋论中被空前鲜明而集中地阐述出来。

---

① ［汉］司马迁撰，［南朝宋］裴骃集解，［唐］司马贞索隐，［唐］张守节正义：《史记》（点校本二十四史修订本），中华书局 2013 年版，第 3909—3910 页。
② 王利器校注：《盐铁论校注》（定本），中华书局 1992 年版，第 95 页。
③ 张少康、卢永璘编选：《先秦两汉文论选》，人民文学出版社 1996 年版，第583 页。

第四节 ●
王充"文章"观的新转向 ●

　　王充（27—约97）的《论衡》本着"求实诚"的理性精神和"疾虚妄"的批判勇气，与汉代主流文学等级秩序和价值标准针锋相对，确立了一种新的文学等级观和新的文学批评标准。王充的文学等级观和文学批评标准是通过一明一暗两个层面的比较来体现的：首先，王充在《论衡·超奇篇》中将除"俗人"之外的"文学"之士分为四等：所谓"能说一经者为儒生"，是指汉代以解读一种儒家经典为业、从事章句之学的经生；再谓"博览古今者为通人"，是指不死守一经而能通读古今各种书籍且通晓其文义的读书教授之人；又谓"采掇传书以上书奏记者为文人"，是指在学习经典的基础上能写作奏议、章表、书记等各类实用公文的文章之士；至于"能精思著文连结篇章者为鸿儒"，则是指那些能够撰写如陆贾《新书》、司马迁《史记》、刘向《新序》、扬雄《法言》、桓谭《新论》等体系性著作而成一家言的文士。在上述分类列等中，王充将能写作文章和撰述著作的文士置于通一经的"儒生"和通千卷的"通人"之上，实质就是将创作者置于阐释者之上。细言之，同样是阐释和教授，"博览古今"的"通人"又高于"能说一经"的"儒生"；同样是创作和著述，能"精思著文连结篇章"的"鸿儒"又高于能"上书奏记"的"文人"；"鸿儒"在文士中等级最高，属于"超而又超"的"超奇"之士。[①] 其暗中比较是通过对汉代两种主流"文学"形态的疏离来体现的。王充一方面将擅长创作和著述的"文人"和"鸿儒"置于仅能阐释儒经的"儒生"和博通群书的"通人"之上，尤其将能够"精思著文连结篇章"的"鸿儒"列为文士的最高一级；另一方面将当时主流"文学"形态中的"儒生"置于最低一等，同时淡化或忽略了汉代盛极一世的辞赋写作。[②]

王充对汉代文士和文学一扬一抑、一取一舍，在鲜明的对比中体现了其所看重的有别于汉代主流文学价值观的文学品质：与"儒生"重视经典知识的授受和辞赋家偏爱华丽文辞的铺排相比，王充所推尊的"文人"尤其是"鸿儒"具有超群出众的创造之才和实诚之意。他们所从事的是一种具有高度创造性、真诚性的写作活动，其作品最能全面展现作者丰富美好的精神世界，包括杰出的才能、精妙的心意、真诚

---

[①] 黄晖：《论衡校释》，中华书局 1990 年版，第 607 页。
[②] 《论衡·佚文篇》提到了"文人宜遵五经六艺为文，诸子传书为文，造论著说为文，上书奏记为文，文德之操为文"，此"五文"中没有提及辞赋之文，但《论衡》论文也并非完全无视辞赋，如《书解篇》有借质疑著作者不能兼顾政事者之口说过"司马长卿不预公卿之事，故能作《子虚》之赋"一语。

的情感和高尚的德行等。

第一，王充认为"文辞美恶，足以观才"（《论衡·佚文篇》），"文人"写作尤其是"鸿儒"著述是一种创造性写作活动，充分体现了作者的创造才能。王充认为，孔子作《春秋》虽然也是以之前的史书文献为基础，但是《春秋》一书不是对这些史书文献的单纯重述或整理，而是一种再创造，融入了孔子本人的"立义创意"和"褒贬赏诛"，体现了孔子本人的历史观点、政治思想和道德评价标准等，从而成为"眇思自出于胸中"的真正创作，与此前已有的史书文献有了本质区分。至于那些仅靠记忆诵读诗书者，即使能讽读千篇，也不过像"鹦鹉能言之类"，停留在简单重复的层次，基本谈不上有什么创造性。① 在《论衡·效力篇》，王充着重根据"才力"之大小说明"文儒"优于"儒生"的原因，认为既可通解六经又能博览秦汉典籍的"文儒"的才力胜过只通一经的"儒生"，而像谷子云、唐子高这样"章奏百上，笔有余力，极言不讳，文不折乏"的"文吏"，其才力又胜过"文儒"；至于能够"作《春秋》，删五经，秘书微文，无所不定"的孔子，更是周世之"多力之人"。②

第二，王充认为"文人"与"鸿儒"的文章创作之所以

---

① 黄晖：《论衡校释》，中华书局 1990 年版，第 606 页。
② 黄晖：《论衡校释》，中华书局 1990 年版，第 582 页。

尤为可贵，还因为其文章真实表达了作者内心的精诚之思与真挚之情，在思想和情感层面体现了精神世界与文章创作的统一。《论衡·超奇篇》云："有根株于下，有荣叶于上；有实核于内，有皮壳于外。文墨辞说，士之荣叶、皮壳也。实诚在胸臆，文墨著竹帛，外内表里，自相副称。意奋而笔纵，故文见而实露也。"① 这段论述直承《易·乾卦·文言》中"修辞立其诚"的观点而来。在王充看来，"文墨辞说"虽然类似文士之生命的花叶和皮壳，却植根于其生命的内在心灵，必须内有真实之情和诚挚之意，方能行诸笔墨，发为文章。这样的文章乃是作者真情实意的写照，自然与作者的人格心灵表里一致，内外相称。在《论衡·佚文篇》中，王充将文章创作分为五类，即"遵五经六艺为文，诸子传书为文，造论著说为文，上书奏记为文，文德之操为文"②。王充认为能以这五类"文章"自立于世的，皆可称"贤"者，但尤以"造论著说为文"最能体现作者的创造和付出。盖因此类文章创作是作者"胸中之思"的真实抒发，蕴含了作者对"世俗之事"的独特议论、深刻见解和丰富思想，其所体现的创造性劳动是那些"说经艺之人""讽古经、续故文"之类的简单重复劳动无法相比的。因此，王充反对那种认为"博览多闻，

---

① 黄晖：《论衡校释》，中华书局 1990 年版，第 609 页。
② 黄晖：《论衡校释》，中华书局 1990 年版，第 867 页。

学问习熟，则能推类兴文"的观点，反对所谓"文由外而兴，未必实才学文相副"的偏见。[①]

第三，在此基础上，王充批驳了那种认为文章著述不能在安危之际"建功"的狭隘观点，强调著述与事功相互统一，指出以著述建功者屡见不鲜："或曰：著书之人，博览多闻，学问习熟，则能推类兴文。文由外而兴，未必实才学文相副也。且浅意于华叶之言，无根核之深，不见大道体要，故立功者希。安危之际，文人不与，无能建功之验，徒能笔说之效也。"[②]针对"浅意于华叶之言，无根核之深，不见大道体要，故立功者希"的质疑，王充列举了大量实例以证明著述与政事的统一、属文与建功的统一：商鞅既相秦"致功于霸"，又兼"作耕战之书"[③]；虞信进则为赵王议定联合楚魏、齐魏以抗强秦之计，退则著《虞氏春秋》总结当时政治得失[④]；陆贾在团结陈平、周勃粉碎吕后篡位阴谋过程中展现的政治智慧，与其所著《新语》中的思想一致；桓谭建议改西汉晁错的"削藩策"为"分封制"以巩固东汉政权，也与其所著《新论》的观点相同。这些人之所以能做到著文与事功

---

① 黄晖：《论衡校释》，中华书局 1990 年版，第 610—611 页。
② 黄晖：《论衡校释》，中华书局 1990 年版，第 610—611 页。
③ 《汉书·艺文志》法家论著类载商鞅著《商君》29 篇，兵家权谋类载商鞅著《公孙鞅》27 篇。《公孙鞅》已佚，《商君书》现存 24 篇，其中第 16 篇《刑约》和第 21 篇《御盗》仅存篇目，内容已失传。
④ 《史记·十二诸侯年表序》："赵孝成王时，其相虞卿上采《春秋》，下观近世，亦著八篇，为《虞氏春秋》。"《汉书·艺文志》："《虞氏春秋》十五篇。《春秋虞氏微传》二篇。"

统一，正是因为著文本身是一个"心思为谋，集扎为文，情见于辞，意验于言"的过程。这些创造性著述乃著者心灵智慧与思想观念的真实表现。

第四，作为"实诚在胸臆，文墨著竹帛"这一基本观点的自然延伸，王充进一步提出文章著述是作者内在道德修养的表现和彰显，在才智、思想、情感之外又从道德层面强调了文章写作与作者生命的紧密内在关联。其在《论衡·书解篇》中认为，在文与质的关系上，人与物有所不同：在人之外的一般物体中，文与质往往是不统一的，存在着"华而不实"和"实而不华"两种片面的倾向；但对人而言，则必须有质有文、质文统一，方可谓成人。[①] 王充认为，文之于人与文之于物的意义大有不同，"物以文为表，人以文为基"，对于物来说，文只是其外在形貌和修饰，对于人而言，文则是人之为人的根本。在王充的观念中，能文是人与其他一切或无生或有生之物的本质区别。从这个意义上说，文本身自然也构成了人之本体的一个部分，同样是衡量人之贤愚贵贱的一个必要而可靠的标准。正因为文章与道德关系如此紧密，所以文人创作能"极笔墨之力，定善恶之实"，发挥"章善

---

① 黄晖：《论衡校释》，中华书局 1990 年版，第 1149—1150 页。

著恶""劝善惩恶"的功能。[①]

第五，王充在强调文章著述与作者自身才力、思想、情感、道德高度统一关系的基础上，进而在文论史上首次具体分析了文章的多层次结构，形成了关于文章内在结构完整性的论述。王充的文章整体结构论是在批判俗儒的一些牵强附会、故弄玄虚的经解时提出来的。俗儒解经，认为经书中的文章篇数或其他数字都有所"法"，故好对这些数目的成因和意义做牵强附会之解。如谓世传《尚书》二十九篇由孔子从最初的一百篇中精选而成，二十九之数含有"法斗四七宿"（所谓"四七二十八篇，其一曰斗矣，故二十九"）的特殊用义；又谓《春秋》载鲁国十二公事是为了对应一年中的十二个月（《论衡·正说篇》）。作为对俗儒谬说的反拨，王充选择的立场和思路是深入文章的内在结构层次，说明文章写作的自然规律，揭示文章篇目之数形成的内在自然之理。王充认为，一部经书包含多少篇目，其中之理与一个篇目由多少章句构成、一个章句由多少文字构成的道理是相通的，都源于作者意义表达的需要：文字与意义结合生成"句"，一定数量的"句"结成"章"（文章段落），一定数量的"章"构

---

① 《论衡·佚文篇》："载人之行，传人之名也。善人愿载，思勉为善；邪人恶载，力自禁裁。然则文人之笔，劝善惩恶也。谥法所以章善，即以著恶也。加一字之谥，人犹劝惩，闻知之者，莫不自勉。况极笔墨之力，定善恶之实，言行毕载，文以千数，传流于世，成为丹青，故可尊也。"见黄晖：《论衡校释》，中华书局1990年版，第869页。

为整体就成了"篇","篇"即"章句"的扩展和放大。王充又认为，无论是圣人所作之经，还是贤者所著之书，只要做到"义穷理竟，文辞备足"，就自然成为一个完整篇章。所论述的问题和事意种类如若相同就立为一篇，所论述的问题和事意种类如若相异则另立一篇。事意改变自然就需要写成不同的篇章，文章篇目的多少也就取决于事意种类的多少。可见文章自身内在结构的完整性和统一性都是王充批驳俗儒牵强之论的最基本的学理依据。[①]

总之，王充在儒学显贵、辞赋大盛的东汉前、中期的历史语境中，别具慧眼地建立了一个明显背离主流文学等级观的新的文学等级论。在这个新的文学等级中，身为"显贵"的儒学和"儒生"被置于最低一等，跻身"新宠"的辞赋和辞人则被有意淡化甚至忽略；而那些文风朴实的奏议著述类文章及其作者却被提升至最高一等。王充通过将所有文学活动中具有创造性质的文章写作置于缺乏创造性的五经章句之上，又将文章创作活动中的系统性著述置于单篇奏议书疏的写作之上，彰显出一种以实现作者精神和心灵（包含才力、思想、情感、道德等）与文学创作相统一并体现为以文学作品内在结构之统一为核心目标的文学观念。在王充揭橥的这种文学观念中，文章作者的主体地位和丰富内涵、文章作者

---

① 黄晖:《论衡校释》，中华书局 1990 年版，第 1129—1131 页。

与文学作品的紧密关系以及文学作品的内在本体结构等，都得到了前所未有的深入阐发。这些论述和思想已经明显超出了此前的主流文学观，并与汉魏时期曹丕《典论·论文》中的"文章不朽"说、"文以气为主"说及"文非一体"说前后呼应，一脉传承，成为以"文体"概念为核心的新文论形态生成的先声。

## 研讨专题

1. 中国古代"文"的观念有何初始内涵？如何根据"文"的多种具体用法把握"文"的基本规定性？

2. 如何理解周代的"人文"观念？周代的"人文"观念与西方"人文"观念各有何内涵？

3. 汉代的"文章"观念与汉代辞赋创作及其文体特征有何内在联系？如何理解辞赋创作在汉代兴盛的原因？

4. 王充在《论衡》中主张的"文学等级论"体现了什么样的文学观念？他区分文学等级高下的内在依据是什么？其主张的"文学等级论"与汉代主流文学等级观念有何不同？

## 拓展研读

1. 季镇淮：《季镇淮文选》，北京大学出版社2010年版。

2. 詹福瑞：《汉魏六朝文学论集》，河北大学出版社2001年版。

3.彭亚非:《中国正统文学观念》,社会科学文献出版社2007年版。

4.夏静:《礼乐文化与中国文论早期形态研究》,商务印书馆2023年版。

5.张峰屹:《东汉文学思想史》,上海古籍出版社2021年版。

# 第二章
*/Chapter 2/*

# 何谓"文体"？

• • • • • • •

从中国古代文论概念生成和发展的历史来看，"文体"概念是在"文章"概念基础上生成的，是"文章"观念的进一步自觉，体现了古人对文学活动内在关系更为具体的认识。如果说先秦两汉时期"文章"观念的理论重心在文学活动外部关系（如文章与作者、文章与社会）上，那么"文体"概念和文体论则明显转向文章自身，展开了对文章内部结构更加细致的描述，对不同类型文章规范特征更加精当的概括，对不同作者文章风格特征更加贴切的品评，以及对文章写作、批评和发展内在机制更为深入的揭示。

## 第一节 ·
## 文体指文章自身整体存在 ·

以"体"论文，渊源甚早。《尚书·毕命》已有"政贵有恒，辞尚体[①]要，不惟好异"之说。西汉司马迁《史记·扁鹊仓公列传》记扁鹊引有关医典辨证论治后称"此谓论之大体也，必有经纪"。扬雄《法言·问神》云："惟圣人得言之解，得书之体。"东汉班固《汉书·地理志》载："临甾名营丘，故《齐诗》曰：'子之营兮，遭我乎猺之间兮。'又曰：'俟我于著乎而。'此亦其舒缓之体也。"[②]王充《论衡·正说篇》言："文字有意以立句，句有数以连章，章有体以成篇，篇则章句之大者也。"[③]汉末卢植《郦文胜诔》言："自毗末成童，著书十余箱，文体思奥，烂有文章，筬缕百家。"蔡邕《独断》论"策书"则谓："三公以罪免，亦赐策，文体如上策。"[④]可

---

① 此处"体"用作动词，意为"体现"。
② 曹丕《典论·论文》："徐干时有齐气。"李善注："言齐俗文体舒缓，而徐干亦有斯累。《汉书·地理志》曰：'故齐诗曰：子之营兮，遭我虖巇之间兮。'此亦其舒缓之体也。"李善注中的"文体舒缓"，显然是对班固《汉书》中"舒缓之体"的直接说明，可见李善认为班固此处所言之"体"，即是指"文体"。
③ 黄晖：《论衡校释》，中华书局1990年版，第1129页。
④ 张少康、卢永璘编选：《先秦两汉文论选》，人民文学出版社1996年版，第649页。

见在有汉一代,"文体"一词已常用于评诗论文。

至稍后魏晋南北朝,以"体"论文成为一种非常普遍的现象,并形成了中国古代文体论的第一个高峰,促成了中国古代文体论的成熟。如曹丕《典论·论文》明确用"文体"称奏、议、书、论、铭、诔、诗、赋等各种类型文章;西晋挚虞《文章流别论》专论诗、赋、颂、铭等各类文体,陆机《文赋》称诗、赋、碑、诔、铭、箴、颂、论、奏、说等"体有万殊"。到了南朝,"文体"又被广泛用于描述不同作者、不同时代、不同流派的文章,并出现了如刘勰《文心雕龙》这类集文体论大成和钟嵘《诗品》这类专论五言诗文体的著作。

据有关文献,在以"体"论文和"文体"观念产生之前,人们已经在"文"的观念框架内对有关文章的诸多问题有了比较深刻、丰富的认识;即使是在"文体"观念产生之后,"文"的观念仍然占据着中国古代文论的中心位置。可以说,"文"是中国古代文论真正的核心范畴,而"文体"则是在"文"这个核心范畴的基础上衍生出来的一个次一级的范畴。由此便生发出这样一些问题:为什么在有了"文"的观念之后还会出现"文体"的观念?"文体"作为"文"的次一级范畴从哪些方面对"文"的观念做了进一步发展?"文体"范畴从哪些方面突出并丰富了"文"范畴的内在规定性?"文体"范畴凭借自身的哪些特质确立了其在中国古代文论中的重要地位？

　　文体范畴提出了一个关于文章之"体"的问题。《说文解字》称："体，总十二属也。"段玉裁注："十二属，许未详言。今以人体及许书核之。首之属有三：曰顶，曰面，曰颐。身之属有三：曰肩，曰脊，曰尻。手之属三：曰肱，曰臂，曰手。足之属三：曰股，曰胫，曰足。"[1] 说明"体"最初是指由四肢百骸构成的人自身的整体存在。而从诸多原始文献可知，由"人体"譬喻而来的"文体"一词以及由此形成的古代文体论，正是反映了古人对文章有似于人的生命整体的感受和认识。如刘勰《文心雕龙·序志》云："而去圣久远，文体解散，辞人爱奇，言贵浮诡，饰羽尚画，文绣鞶帨，离本弥甚，将遂讹滥。"[2] "文体"既然可以"解散"，则表明文体本身应该是一个完整之物。鉴于《序志》篇有明确全书主旨的作用，其对文体的理解也应该反映了刘勰对全书文体概念的基本用义。再如《总术》篇："况文体多术，共相弥纶，一物携贰，莫不解体。"[3] 所谓"文体多术"，是说文章整体是由多种写作方法相互协调、相互配合共同创造出来的；"莫不解体"一句又从一般角度说明文体应是内在统一的整体。又

---

[1] ［汉］许慎撰，［清］段玉裁注：《说文解字注》，上海古籍出版社1981年版，第166页。

[2] ［南朝梁］刘勰著，范文澜注：《文心雕龙注》，人民文学出版社1958年版，第726页。以下所引《文心雕龙》原文均出于此书，少数文字参照其他版本调整。

[3] ［南朝梁］刘勰著，范文澜注：《文心雕龙注》，人民文学出版社1958年版，第656页。

如《论说》篇："若夫注释为词，解散论体，杂文虽异，总会是同。"①"解散论体"一句表明"论"这一具体的文章类型同样是一个整体。又如《附会》篇："若统绪失宗，辞味必乱；义脉不流，则偏枯文体。"②刘勰用"偏枯"这一中医用语形象地说明，"文体"如同人体，是一个统一的有机整体。文章整体观是《文心雕龙》关于文章的一个基本理念，全书在不同篇章反复强调文章的整体性和统一性，如《镕裁》篇："首尾圆合，条贯统序。"③《章句》篇："故能外文绮交，内义脉注。跗萼相衔，首尾一体。"④《附会》篇："首尾周密，表里一体。"⑤因此，刘勰在"文章整体存在"的意义上使用"文体"一词，乃是其全书所持的文章整体观的具体表现。

任何一篇或一类文章都是一个整体存在，这一事实与"文体"范畴并没有直接关系，但文体观念的产生和"文体"范畴的出现却标志着文章整体观念的自觉和强化。"文体"范畴在"文"范畴之后出现，其重要意义之一即在于将文章作为一个整体存在这一基本特征突出，将此前隐含的文章整

---

① ［南朝梁］刘勰著，范文澜注：《文心雕龙注》，人民文学出版社 1958 年版，第328页。
② ［南朝梁］刘勰著，范文澜注：《文心雕龙注》，人民文学出版社 1958 年版，第651页。
③ ［南朝梁］刘勰著，范文澜注：《文心雕龙注》，人民文学出版社 1958 年版，第543页。
④ ［南朝梁］刘勰著，范文澜注：《文心雕龙注》，人民文学出版社 1958 年版，第571页。
⑤ ［南朝梁］刘勰著，范文澜注：《文心雕龙注》，人民文学出版社 1958 年版，第651页。

体观念彰显出来。自此，中国古代的文章整体观获得了其自身的话语形式。正是在"文体"范畴产生之后，古代文论中有关文章整体性的论述开始丰富起来，并发展成了系统的古代文章整体观。

中国古代文体观念所蕴含的文章整体观根源于中国传统文化中的生命整体观。中国古代文体中的生命整体观，不仅体现在"文体"这一广泛使用的范畴中，而且体现在古代文论对文章这一生命整体丰富的具体描述中。如《文心雕龙·附会》篇称："夫才量学文，宜正体制，必以情志为神明，事义为骨髓，辞采为肌肤，宫商为声气。"[①] 这是直接以人体构成譬喻文章的整体，将"体"的本义和引申义融为一体。再如《颜氏家训·文章》云："文章当以理致为心肾，气调为筋骨，事义为皮肤，华丽为冠冕。"[②] 其表述与《文心雕龙》略有出入，但其以人体喻文章整体的思路与《文心雕龙》完全一致。其他如古代文论中常用的"文气""文骨""神韵""精神""风貌""风韵""风格""体格""体调""体韵""体趣""气韵""气力""气格""气魄""气脉""骨力""骨鲠""风骨""骨髓""骨劲""骨韵""格调""肌理"等概念，无不是对文章生命整体的具体描述。

---

① ［南朝梁］刘勰著，范文澜注：《文心雕龙注》，人民文学出版社1958年版，第650页。
② ［北齐］颜之推著，王利器集解：《颜氏家训集解》，中华书局1993年版，第267页。

中国古代文体论中的文章生命整体观不是一个孤立的文论现象，而是作为中国传统文化基本思想的深厚广大的生命本体意识在文体论中的体现。从其文化源头看，乃植根于《周易》所肇始的"近取诸身，远取诸物"的思维方式和修辞方式。"近取诸身，远取诸物"是一种整体性思维，其基本特点是将有思维意识的主体——人的生命形式和生命结构扩展到所有或有生或无生的事物之上，其结果便是万物与人同体，天地与人同体，宇宙与人同体。钱钟书先生曾在《中国固有的文学批评的一个特点》[①]一文指出中国传统文论具有"把文章通盘的人化或生命化"这一特点。沿着钱钟书先生的这条思路，可以进一步将"中国固有的文学批评"的这一特点与中国古代文体论联系起来。

① 钱钟书：《中国固有的文学批评的一个特点》，见周振甫、冀勤编著：《钱钟书〈谈艺录〉读本》，上海教育出版社 1992 年版。

# 第二节
## 文体是有丰富特征的文章整体

　　中国古代文体论中有非常丰富的"辨体"理论。南宋严羽《沧浪诗话》中的"诗体"一节根据不同标准将"辨体"分为 5 类，基本概括了古代辨体的各种情形。以此为基础，再综合其他古代文体论著作中的有关辨体理论，可以将其归纳为以下几种：其一可称为文类文体的辨析。这类辨体所得就是人们熟知的各种文章类别，古人常常称之为诗体、赋体、词体、颂体、论体、序体等，或直接称为诗、赋、词、颂、论、序等。其中如诗体又可分为古体和近体，古体又可再分为四言古体、五言古体、乐府体、歌行体等，近体又可再分为五言律体、七言律体、五言绝体、七言绝体等。其二即严羽所谓的"以时而论"。《沧浪诗话》"诗体"列有建安体、黄初体、正始体、太康体、元嘉体、永明体、齐梁体、南北朝体、唐初体、盛唐体、大历体、元和体、晚唐体、本朝体、元祐体、江西宗派体等 16 种之多，依照此例，后人在此基础上又不断增添。其三是严羽所说的"以人而论"。《沧浪诗话》"诗体"罗列更多，诸如苏李体、曹刘体、陶体、谢体、少陵体、太白体、王右丞体、韩昌黎体、柳子厚体、李商隐体、东坡体、山谷体等。其四可称为"以地而论"。如竟陵体、公安体等。其五可称为"以派而论"。如边塞体、田园体、元白体、西昆体、江西宗派体等。其六可称为"以品而论"。如形似体、质气体、情理体、直置体、雕藻体、映带体、飞动体、婉转体、清切体、菁华体（以上见《文镜秘府论》"十体"）、响亮体、清新体、流丽体、苦淡体、酸楚体、激烈体、平易体、险绝体、怪异体（以上见明杨良弼《作诗体要》）等。其七以写作技巧而论。如高格体、卑格体、五韵体、五平体、五仄体、仄律体、失粘体、借韵体、拗体、变体等（见明杨良弼《作诗体要》）。在上述几个较大的辨体形式之外，还有效汉武帝与群臣所赋之诗的"柏梁体"，效《昭明文选》所选之诗的"选体"，效南朝陈徐陵编《玉台集》之诗的"玉台体"，因效韩偓艳情诗而有"香奁体"，因效梁简文帝诗而有"宫体"，等等，不一而足。

可见中国古代文体论中辨体的形式多样，几乎所有与文章有关的内部因素和外部因素都可以作为文体辨析的依据。需要明确的是，在上述各种形式的辨体中，一方面作为中心词的"文体"（简称"体"）仍然含有"文章整体存在"之义；另一方面众多形式的辨体又从不同角度呈现了文体的各种具体特征和内在构成。

首先，就第一种"辨体"即文类文体的辨析来看。研究者一般都认为其分类所得即为一系列具体的文章类型，也就是说，这种形式的辨体中的"诗体""赋体""颂体"等乃是各种具体的文章类型的名称。而每一种文章类型，无论其所含文章数量是多是少，都应该是一个整体存在。如刘勰《文心雕龙·诠赋》篇论赋体："情以物兴，故义必明雅；物以情观，故词必巧丽。丽词雅义……文虽新而有质，色虽糅而有本，此立赋之大体也。"①《颂赞》篇论颂体："揄扬以发藻，汪洋以树义。"②论赞体："约举以尽情，昭灼以送文。"③《檄移》篇概述檄之文体："故其植义扬辞，务在刚健……必事昭而理辨，气盛而辞断，此其要也。"④《章表》篇概述章表二体之要："必雅义以扇其风，清文以驰其丽。"⑤《议对》篇对议体的要求："理不谬摇其枝，字不妄舒其藻。"⑥所论诸体，刘勰无不从文意和言辞两个基本方面着笔。元代陈绎曾《文筌·诗谱》论诗体 18 名（即 18 种诗体）时，采用统一句式表明每种诗体都是"情"与"辞"的自然统一，如称"歌：情扬辞

---

① ［南朝梁］刘勰著，范文澜注：《文心雕龙注》，人民文学出版社 1958 年版，第 136 页。
② ［南朝梁］刘勰著，范文澜注：《文心雕龙注》，人民文学出版社 1958 年版，第 158 页。
③ ［南朝梁］刘勰著，范文澜注：《文心雕龙注》，人民文学出版社 1958 年版，第 159 页。
④ ［南朝梁］刘勰著，范文澜注：《文心雕龙注》，人民文学出版社 1958 年版，第 378—379 页。
⑤ ［南朝梁］刘勰著，范文澜注：《文心雕龙注》，人民文学出版社 1958 年版，第 408 页。
⑥ ［南朝梁］刘勰著，范文澜注：《文心雕龙注》，人民文学出版社 1958 年版，第 438 页。

远，音声高畅。吟：情抑辞郁，音声沉细。行：情顺辞直，
音声浏亮。曲：情密辞婉，音声谐缛。谣：情谲辞寓，音声
质俚"等。

其次，上述第二种以下各种形式辨体中的"体"范畴，
其中同样含有"文章整体存在"之义。如唐代皎然《诗式》
称"辨体有一十九字"："评曰：夫诗人之思初发，取境偏高，
则一首举体便高；取境偏逸，则一首举体便逸。才性等字亦
然。体有所长，故各功归一字。偏高偏逸之例，直于诗体；
篇目风貌，不妨一字之下，风律外彰，体德内蕴，如车之有
毂，众美归焉。"①关于这里所说的"体"，皎然本人讲得非常
明白：所谓"一首举体便高""一首举体便逸"，说明这里所
辨之"体"乃是某一首诗歌的"举体"，也即一首诗歌的整
体。而皎然所说的"体有所长，故各功归一字"，意为将诗
歌整体最突出的艺术特征分别用"高""逸""贞""忠"等
19个字概括出来。这句话对正确理解古人有关文体的表述也
很有启发意义。每种文体都是一个整体，但是每种文体又总
是表现出一种或几种突出的特征，而这些突出的特征往往就
是古人命名这种文体的标志。这些突出的特征可以是语言形
式层面的，可以是题材内容层面的，也可以是审美特征层面
的；可以是比较"实"的，也可以是比较"虚"的；可以与

---

① ［唐］皎然著，李壮鹰校注：《诗式校注》，人民文学出版社2003年版，第69页。

作家个性有关，也可以与时代风会有关……但是任何一种特征都不等于文章整体（即文体）。

至于《文心雕龙·体性》篇所论之"体"，也同样是指"文章整体存在"："若总其归涂，则数穷八体：一曰典雅，二曰远奥，三曰精约，四曰显附，五曰繁缛，六曰壮丽，七曰新奇，八曰轻靡。"[①] 准确理解此篇"体"之含义，一不能误认为"八体"即是指"典雅""远奥"等8种具体的文章特征。二要留意《文心雕龙》中骈语的表达特点，为适应骈语以四六句式为主的要求，其表述经常会有省略、压缩、合并、补充等变化。如《体性》篇中这段话，相对完整的表述应是"一曰典雅体，二曰远奥体"等，更完整的表述则应是"一曰典雅文体，二曰远奥文体"等，但为了骈语的整齐，"体"字便被省略。如唐代崔融《新定诗体》所列"形似体""质气体""情理体""直置体""雕藻体""映带体""飞动体""婉转体""清切体""菁华体"等10种诗体，即是相对完整的表述形式。三是要注意刘勰在《体性》篇具体论述中所体现的其一贯的文章整体观："故辞理庸俊，莫能翻其才；风趣刚柔，宁或改其气；事义浅深，未闻乖其学；体式雅郑，鲜有反其习；各师成心，其异如面。"[②] 影响文体形成的有才、

---

① ［南朝梁］刘勰著，范文澜注：《文心雕龙注》，人民文学出版社1958年版，第505页。
② ［南朝梁］刘勰著，范文澜注：《文心雕龙注》，人民文学出版社1958年版，第505页。

气、学、习4个先后天因素，而文体本身即是由辞理、风趣、事义、体式4个要素构成的完整之体。在具体说明"八体"特征时，刘勰也是着眼于言与意的统一，如称"远奥"体"馥采典文，经理玄宗"，称"精约"体"核字省句，剖析毫厘"，称"显附"体"辞直义畅，切理厌心"，等等。

中国古代文论中如此丰富的"辨体"理论在"文体"范畴所集中体现的文章整体观的基础上，进一步突出了各类文章的特征性和差异性。更重要的是，文章分类论发展到辨体论阶段后，文章类别和文章特征的辨析获得了一个更大的理论空间。就传统的文类文体的分类来说，一方面其分类更加精细、完备；另一方面，当诗、赋、颂、铭、诔、书等被归为文体之一种后，人们对这些文类文体特征的描述也越来越精练。如曹丕《典论·论文》称"文非一体"，将奏议二体的特征概括为"雅"，将书论二体的特征概括为"理"，将铭诔二体的特征概括为"实"，而将诗赋二体的特征概括为"丽"；陆机《文赋》称"体有万殊"，对每种文体的特征逐一描述，以"缘情而绮靡"为诗体的特征，以"体物而浏亮"为赋体的特征……凡计10类。精练的描述反映的是人们对文体特征认识的深化和对文体特征概括程度的提高，也使得各种文体的特征被表述得更加鲜明。到了刘勰的《文心雕龙》，在传统约定俗成的文类文体辨析的基础上，又从更一般的角度将文体概括为8类，即分别以"典雅""远奥""精约""显附""繁缛""壮丽""新奇""轻靡"为特征的8种文体。这种"基型式"文体分类模式的出现，表明文体分类已经由习惯变为自觉，由因循变为创造。人们已经认识到，文体分类说到底都是根据文体特征进行分类，文体特征的辨析才是文体分类的本质，即使是传统的文类文体的区分，其目的也在于此。正因为意识到了文体分类的本质在于辨析文体的特征，所以古人辨体所依据的文体特征不一而足：题材特征、形式特征、技巧特征、语言特征、审美特征、功能特征、伦理特征、文化特征、作者特征、流派特征、时代特征、环境特征、地域特征等。这些都可以成为辨体的标准，而且也都可以在古代文体论中找到相应的实例，由此便形成了中国古代辨体形式的高度灵活性和多样性。

下面以李白的《行路难》诗为例，更直观地说明上述各种形式"辨体"论分类角度的差异性与分类对象的同一性（即其中共同的范畴"文体"或"体"所指的对象）。这首诗从文类特征的角度看属于"诗体"，从作者特征的角度看属于"太白体"，从时代特征的角度看属于"盛唐体"，从流派特征的角度看属于"豪放体"；如果再从这首诗自身的一些更具体的特征看，还可以称其为"古体""七言古体""乐府体""换韵体"，等等。但是不管分类如何繁多，即使凭直觉也可能清楚，这些不同称谓中的"体"其实指向的都是《行路难》这首诗本身的整体存在。

第三节 ●
　　　　　　　文体是有丰富构成的文章整体 ●

　　中国文体观念和文体论产生以后，人们不仅对文章的整体性和特征性的认识更加自觉，而且相应地深化了对文章整体构成的认识，并在此过程中生发出了一系列有关文体构成的概念、范畴的理解，形成了有关文体构成的理论。

　　关于文章的构成，在文体论产生之前，人们多在文与质、言与意、意与象、辞与理、情与物等关系范畴内谈论，有关概念、范畴并不是很多。文体论产生以后，描述文章构成的名词术语迅速增多。人们一方面以单音节词"体"范畴为依托，衍生出大量双音节合成词，如体裁、体制、体式、体统、体势、体要、体略、大体、体料、体律、体格、体骨、体度、体气、体意、体理、体趣、体韵、体调、体致等；另一方面，通过与人的生命体类比的形式，借用或创造出了很多表示文体构成要素的概念，如风格、风貌、风骨、神韵、气韵、气力、气格、气魄、气脉、骨力、骨鲠、骨髓、骨劲、骨韵、格调、肌理等。这些概念涉及了文体的本质、规范、内容（情理、神韵、情趣等）、形式（结构、格律、技巧等）等各个层面的构成因素，它们在更加具体、系统地揭示、描述文体构成的同时，也进一步证明了文体范畴所蕴含的文章的生命整体观。

在上述诸多指称文体内在构成的概念中，"体裁"和"体制"两个概念最为重要和特殊。但因受西方现代文类学（Genology）偏重语言形式的影响，在现代文学批评和理论中，"体裁"和"体制"也普遍被理解为不同文类的语言形式。不过从中国文体论自身的内部关系来看，"体制"与"体裁"是从"文体"概念衍生而来的两个词，其词义结构相当于"文体之制"和"文体之裁"，其基本含义是指文章（文体）的整体构成。这由较早的两则文论可以看出，一见南朝梁刘勰《文心雕龙·附会》篇："何谓附会? 谓总文理，统首尾，定与夺，合涯际，弥纶一篇，使杂而不越者也。若筑室之须基构，裁衣之待缝缉矣。夫才量学文，宜正体制：必以情志为神明，事义为骨髓，辞采为肌肤，宫商为声气；然后品藻玄黄，摛振金玉，献可替否，以裁厥中。斯缀思之恒数也。"[1] 一见北齐颜之推《颜氏家训·文章》篇："文章当以理致为心肾，气调为筋骨，事义为皮肤，华丽为冠冕。今世相承，趋末弃本，率多浮艳。辞与理竞，辞胜而理伏；事与才

---

[1] ［南朝梁］刘勰著，范文澜注:《文心雕龙注》，人民文学出版社 1958 年版，第 650 页。

争，事繁而才损。放逸者流宕而忘归，穿凿者补缀而不足。时俗如此，安能独违？但务去泰去甚耳。必有盛才重誉，改革体裁者，实吾所希。"①《文心雕龙·附会》篇以人的生命整体结构的 4 个层次（神明、骨髓、肌肤和声气）分别对应于文章"体制"的 4 个要素（情志、事义、辞采和宫商），呈现出文章"体制"与生命整体的同构关系。《颜氏家训·文章》篇的具体喻象虽与《文心雕龙·附会》篇稍有区别，但整体上也同样是以人之生命结构为喻说明"体裁"是指文章的整体结构。从这个意义上说，"体制"和"体裁"两个概念是对"文体"概念的进一步规定与展开，具体呈现了"文体"的内在整体构成，标志着对文体内部关系的进一步自觉。

"体制"和"体裁"作为文章的整体构成，本是由作者按照一定的规范"制""裁"（即制作）而成，因此规范性一开始即蕴含在"体制"和"体裁"的观念之中，而非为文类层面之"体制"和"体裁"所专有。在文类层面之"体制"和"体裁"的规范性之上，事实上还存在着一层"一般性体制和体裁"的规范性。这一层次的规范性是一般性"体制"和"体裁"相对于一般性文章写作活动的规范性，因而也是一种最具普遍性的"体制"和"体裁"的规范性。刘勰

---

① ［北齐］颜之推著，王利器集解：《颜氏家训集解》，中华书局 1993 年版，第 267 页。

和颜之推二人关于"体制"和"体裁"的两段论述，即是关于一般性之"体制"和"体裁"对一般性文章写作的普遍规范性的较早说明。在这两段文论中，无论是刘勰对"体制"的4层次整体构成的分析，还是颜之推对"体裁"的4层次整体结构的描述，实际上都被视为具体文章写作的一般要求和基本规范。但二人所论"体制"和"体裁"的规范性所呈现的具体维度又有所不同：《文心雕龙·附会》篇对一般"体制"的普遍规范性的揭示主要体现为对"文章的整体构成"这一基本规定的直接说明；《颜氏家训·文章》篇则在直接明确"文章的整体构成"这一基本规定之外，还通过一般"体裁"与具体文章之"辞意""辞调"的对举，将一般"体裁"所具有的普遍规范性揭示得更为充分、鲜明。其云："但使不失体裁，辞意可观，便称才士。"[①] 又云："宜以古之制裁为本，今之辞调为末，并须两存，不可偏弃也。"[②] 颜之推对"体裁"及"体裁"（或曰"制裁"）与"辞意"（或曰"辞调"）关系所做的丰富完整的初始论述，有助于恰当认识"体裁"与文章写作中其他具体因素的关系、准确理解"体裁"在具体文章写作过程中的作用机制、纠正长期以来关于"体裁"概念内涵及"体裁"与具体文章关系的片面认识。尽管颜之推

---

① ［北齐］颜之推著，王利器集解：《颜氏家训集解》，中华书局1993年版，第257页。
② ［北齐］颜之推著，王利器集解：《颜氏家训集解》，中华书局1993年版，第268—269页。

所说的"体裁"还不是狭义的文类层面的"体裁",他所说的"体裁"与"辞意"的关系也还不完全等于文类之"体裁"与具体文章之"辞意"的关系,但他所论从一个更基本、更内在的层面揭示了"体裁"与具体文章写作之间的一种更普遍的关系,而正是这一层更为基本、普遍的关系构成了文类层面之"体裁"与具体文章写作关系的基础。因此,由这一基本层次着眼可以让我们深刻理解文类层面之"体裁"与具体文章写作之间关系的基本性质和机制,而不至于陷入一些表面的、枝节的形式因素之中而无法识其大体。

认识到"体制"和"体裁"自身的内在结构以及"体制"和"体裁"与具体文章写作这内外两层关系,就可辩证理解一些具体论述之间的差异:为何刘、颜二人在意的是"文章整体构成"这一内在规定?这是因为他们主要是就"体制"和"体裁"的内部结构关系而言的。为何徐师曾在《文体明辨序》中又将"文章之有体裁"譬喻为"宫室之有制度,器皿之有法式"?这是因为徐氏主要是就"体裁"对具体文章写作的指导关系而论的。但是,这种内外关系的区分并非意味着"体制"和"体裁"概念有两种彼此不同的内涵,而是反映了"体制"和"体裁"观念内涵的"体"与"用"两个层面。据此,可以将文类意义上的"体制"和"体裁"理解为"对不同文类之文章写作具有规范性的文章整体构成",其中"整体构成"是其内在本体,"规范性"则体现了其外显功用。

颜之推所论也提醒我们，在实际写作过程中，"体裁"并非作为一种单纯的语言形式与作者所欲表达的具体文意相对，并借以将文意表现出来；事实上，每一篇具体文章的写作都不是一个单纯的直接以言表意、以辞抒情的过程，而要选择某种合适的既定的"体裁"（"体制"），处理好"体裁"与具体表达之间的关系。而且，作者所选择和面对的"体裁"不仅规定了此类文章语言的基本特征，还规定了此类文章之意的基本性质和类型①，规定了文章的基本整体结构。从这一层面看，文章的写作过程首先是一个实现文类之"体裁"（即具有文类规范性的文章整体结构）与具体多样的辞意相结合的过程。在此过程中，一方面是一般性的文类之"体裁"得以"具体化"，另一方面则是具体的"辞意"得以"规范化"。由此也可区分，一篇具体文章的产生不同于一件器具的组合与包装，其内在机制和过程更与一个具体生命的生成相似——生命的产生并非直接来自灵魂与肉身的组合，而是源于一颗有完整的生命结构和能量的种子对后天各种具体因素的整合与内化。如果还欲以器具制作为喻说明文章的产生过程，那么也更适合将其比拟为根据一个完整的基础模型所进行的制造、打磨和修饰。

---

① 如陆机《文赋》所说的"诗缘情而绮靡"，即从文意（"缘情"）与言辞（"绮靡"）两个方面规定了诗体写作的基本要求。

第四节 ●
　　　　●
文体与风格 ●

　　还有一个需要关注的范畴是"风格"。"风格"最初是一个用于品评人物的词语，大约产生于东汉之时，与当时实行的选拔官吏的察举制度和由此形成的品评人物的社会风气有关。如《后汉纪·桓帝纪上》称李膺："膺风格秀整，高自标持，欲以天下风教是非为己任。"[1] 曹魏政权推行的九品中正制又进一步推动了人物品藻之风的盛行，"风格"一词遂成为当时的一个流行词语。如《魏书·帝纪第五高宗纪》称："既长，风格异常，每有大政，常参决可否。"[2]《魏书·列传第十五穆崇传》称："丰国弟子弼，有风格，善自位置。"[3]《晋书·列传第十五和峤传》称："峤少有风格，慕舅夏侯玄之为人，厚自崇重。"[4]《北史·列传第四十三张亮传》称："然少风格，好财利，久在左右，不能廉洁。"[5] 早期用于品评人物

---

[1] ［晋］袁宏撰，周天游校注:《后汉纪校注》，天津古籍出版社 1987 年版，第 587 页。

[2] ［北齐］魏收撰:《魏书》（点校修订本），中华书局 2018 年版，第 133 页。

[3] ［北齐］魏收撰:《魏书》（点校修订本），中华书局 2018 年版，第 755 页。

[4] ［唐］房玄龄等撰:《晋书》，中华书局 1974 年版，第 1283 页。

[5] ［唐］李延寿撰:《北史》，中华书局 1974 年版，第 1995 页。

的"风格"一词具有以下几个特点：其一，风格指的是人物的内在品质，这种品质可由其言行表现出来；其二，风格所指的人物品质是正面的、积极的，称某人"有风格"即包含着对某人的称赞；其三，风格主要指人物的一种刚健、正直、崇高的品质。当时人经常用"端严""峻整""峻远""高峻""峻举"描述人物风格，如晋葛洪《抱朴子外篇·疾谬》："以倾倚屈申者为妖妍标秀，以风格端严者为田舍朴骏。"[①]《晋书·列传第十七傅咸传》称傅咸："风格峻整，识性明悟，疾恶如仇，推贤乐善，常慕季文子、仲山甫之志。"[②]《南齐书·列传第十九萧颖胄传》称萧颖胄："风格峻远，器宇渊邵，清猷盛业，问望斯归。"[③]《宋书·列传第十八谢弘微传》称谢混："混风格高峻，少所交纳，唯与族子灵运、瞻、曜、弘微并以文义赏会。"[④]《南史·列传第十九蔡廓传》称蔡廓："体业弘正，风格峻举。"[⑤] 其他如"高爽""高迈""高秀""高华""方整""详远""秀整""秀逸""隽拔""遒上""遒健""劲峭"等词也常用以修饰风格。吴承学先生认为，古代的"风格"一词"往往用于褒扬"，"所谓'有风格'，特指一种清峻秀整的风格，与'风骨'相似"，事实的确如此。[⑥] 从词源上看，

① ［晋］葛洪：《抱朴子》，上海书店1986年版，第150页。
② ［唐］房玄龄等撰：《晋书》，中华书局1974年版，第1323页。
③ ［南朝齐］萧子显撰：《南齐书》（点校修订本），中华书局2019年版，第748页。
④ ［南朝梁］沈约撰：《宋书》（点校修订本），中华书局2019年版，第1737页。
⑤ ［唐］李延寿撰：《南史》，中华书局1974年版，第777页。
⑥ 吴承学：《中国古典文学风格学》，花城出版社1992年版，第219—220页。

"风格"一词中的"风"与《诗经》的"风教"有关。所谓"风教",是指通过学习《诗经》篇章,培养一种正面、积极的情感,达到陶冶性情、净化人心、移风易俗的目的。"风格"中的"格"本义为"木长貌"(《说文解字》),引申为尺度、标准、规范,如《礼记·缁衣》:"言有物而行有格也。"因此"风格"的字面意思可理解为符合风教规范的人物品质,进而泛指各种严整正派的品质。

"风格"一词用于论文,最早也见于《文心雕龙》。有的旧本有两例,即《议对》篇:"及陆机断议,亦有锋颖,而腴辞弗剪,颇累文骨。亦各有美,风格存焉。"①《夸饰》篇:"虽《诗》《书》雅言,风格训世,事必宜广,文亦过焉。"②但据杨明照先生考证,《夸饰》篇的"风格"乃是"风俗"之误。③从《议对》篇"风格"看,刘勰称陆机之文"颇累文骨",却有"风格",意为陆机文章虽然语言不够精练有力,却有以情动人的感染力量,仍然是一种文章之美。由此可见,"风格"开始用于论文时,也是指文章的一种肯定性品质。《颜氏家训·文章》:"古人之文,宏材逸气,体度风格,去今实

---

① [南朝梁]刘勰著,范文澜注:《文心雕龙注》,人民文学出版社 1958 年版,第 438 页。

② [南朝梁]刘勰著,范文澜注:《文心雕龙注》,人民文学出版社 1958 年版,第 608 页。

③ 杨明照先生认为:"按'风格训世',义不可通。作'俗'是也。'风'读为'讽'。'风俗训世',即诗大序'风,风也,教也;风以动之,教以化之'之意。慧皎高僧传序:'明诗书礼乐,以成风俗之训。'语意与此同,尤为切证。"见黄叔琳注、李详补注、杨明照校注拾遗:《增订文心雕龙校注》,中华书局 2000 年版,第 468 页。

远。"① 唐杜甫《苏端薛复筵简薛华醉歌》："座中薛华善醉歌，歌辞自作风格老。"②《宋史·列传第二百一十六魏野传》："野为诗精苦，有唐人风格，多警策句。"③ 其中的"风格"也都是从正面描述文章的某种品质。但是，用于论文的"风格"，并不像用于论人的"风格"特指一种刚健、高尚的品质，其所包含的文章品质类型要广泛得多。这种情况在明清以后的文论中更为明显——"风格"成了一个很中性的表达范畴，可以表示正面和负面、刚健和秀丽等各种文章特征。如明陆时雍《诗镜总论》云："齐、梁人欲嫩而得老，唐人欲老而得嫩，其所别在风格之间。"④"老"为风格，而"嫩"也可为风格。又云："凡骨峭者音清，骨劲者音越，骨弱者音庳，骨微者音细，骨粗者音豪，骨秀者音冽，声音出于风格间矣。"⑤则"峭""劲""弱""微""粗""秀"等无一不是风格。再如清翁方纲《石洲诗话》卷五称"易之《金台集》，风格翘秀"⑥，清蔡嵩云《柯亭词论》称"正中词，缠绵悱恻，在五代，别具一种风格"⑦，清潘德舆《养一斋诗话》卷一称刘禹

---

① ［北齐］颜之推著，王利器集解：《颜氏家训集解》，中华书局 1993 年版，第 268 页。
② ［唐］杜甫著，［清］仇兆鳌注：《杜诗详注》，中华书局 1979 年版，第 294 页。
③ ［元］脱脱撰：《宋史》，中华书局 2000 年简体字本，第 10420 页。
④ 周维德集校：《全明诗话》，齐鲁书社 2005 年版，第 5111 页。
⑤ 周维德集校：《全明诗话》，齐鲁书社 2005 年版，第 5115 页。
⑥ 郭绍虞编：《清诗话续编》，上海古籍出版社 1983 年版，第 1457 页。
⑦ 唐圭璋编：《词话丛编》第五册，中华书局 2005 年版，第 4910 页。

锡古诗"风格平弱"① 等，其所说的风格特征也褒贬不一。

从整体上看，古代文论中的"风格"范畴虽然有一个从特指到泛指的过程，但是有一点是很明确的，即"风格"始终是指文章整体的一个重要的内在品质。"风格"范畴的这一基本规定性，决定了风格与文体的关系应该是文章的构成要素与文章整体的关系。也就是说，"风格"与"文体"并不是同一个层级的文论范畴，而是表示文体构成要素的次一级范畴。我们可以说某种文体有某种风格，但是不能说文体即风格。上引《颜氏家训·文章》中将"体度"与"风格"并列，二者都是指文章整体的内在品质。明胡应麟《诗薮内编》卷二云："古诗浩繁，作者至众，虽风格体裁，人以代异，支流原委，谱系具存。"② 这里所说的"风格"与"体裁"也皆指文章整体的某种构成要素——"体裁"偏重于指文体的规范性构成，"风格"则偏重于指文体的标志性品质。明白古代文体范畴与风格范畴的联系与区别，有助于我们恰当处理古代文体论（研究）与古代风格论（研究）的关系：正如风格是文体的一种内在品质，古代风格论也应该是古代文体论系统中的一个子系统，而不是像有些研究论著所做的那样将二者并列起来。

---

① 郭绍虞编：《清诗话续编》，上海古籍出版社 1983 年版，第 2016—2017 页。
② 周维德集校：《全明诗话》，齐鲁书社 2005 年版，第 2501 页。

相对于风格一词，古代文论中的风貌、风骨、神韵、气韵、气力、气格、气魄、气脉、骨力、骨鲠、骨髓、骨劲、骨韵、格调、肌理等概念与文体范畴之间的关系更容易理解，甚至从这些概念的用词本身就可以看出它们所表示的都是文体的某种构成因素。包括本书所提到和尚未提到的所有表示文体构成因素的概念，都表明古人不仅已经认识到文体是文章的整体存在，而且已经充分体会到文体是一个具有丰富内在构成的文章整体存在。古人对文体内部构成的认识达到了非常精细的程度，但是这种精细性并没有割裂文体的有机统一性，而是始终以文体的整体性存在为前提，其中任何一种构成因素和品质都是对文章整体的某个层面或侧面的反映。在这些概念的基础上，形成了中国古代文体构成论，而古代文体论的内涵也因此更加丰富。

## 研讨专题

1. 从中国古代文学观念的发展来看，文体概念和文体论的产生有何特殊意义？

2. 如何理解文体论所蕴含的文章生命整体观？文体论所蕴含的文章生命整体观与中国传统文化有何内在联系？

3. 如何理解古代文体论中各种形式辨体之间的关系？"体裁—风格"二分等分解式文体概念释义方式的产生有哪些内外原因？

4. 如何理解《文心雕龙·体性》篇"八体"说、刘善经《四声指归》"六体"说等与其他文体分类之间的关系？如何理解皎然《诗式》"辨体有一十九字"中"举体"与"体有所长"的关系？

5. 如何理解文体与各种文体特征的关系？如何在传统文体学语境中理解"体制""体裁"等概念的内涵以及"文体"与"体制""体裁""风格"等概念的关系？

## 拓展研读

1. 徐复观:《文心雕龙的文体论》,《中国文学论集》,台北学生书局 1982 年版。

2. 童庆炳:《文体与文体的创造》,云南人民出版社 1999年版。

3. 郭英德:《中国古代文体学论稿》,北京大学出版社 2005 年版。

4. 姚爱斌:《中国古代文体论思辨》,北京大学出版社 2012 年版。

5. 吴承学:《中国古代文体学研究》(增订本),中华书局 2022 年版。

6. 党圣元:《中国古代文体观念研究》,人民出版社 2023年版。

# 第三章
*/Chapter 3/*

## 文体的自觉

· · · · · · · ·

　　曹丕的《典论·论文》既是中国古代第一篇文章专论，也是中国古代第一篇文体专论，标志着中国古代文体观念在汉末魏晋时代已经有了充分自觉。从先秦两汉的文用论发展到南北朝时期的文学"审美"论，汉末魏晋之际的文体自觉起到了关键作用，而文体自觉也成为汉末魏晋时代文学观的独特标志。文体自觉与汉末魏晋个体生命的觉醒互为表里，标志着士人对文章的关注重心回到了文章自身，不同类型文章的特征得到了更细致、具体的辨析和描述。文体论直接促进了文学观念的高度分化，文章的审美特征逐渐被鲜明、集中地揭示出来，由此出现了所谓文学"审美"的自觉。

第一节 ·
《典论·论文》与"文学自觉"说 ·

　　说到《典论·论文》，自然绕不开一个在中国古代文论研
究中流行了近百年的说法，即"魏晋文学自觉"说。这一观
点始于日本学者铃木虎雄的《中国古代文艺论史》，由鲁迅
《魏晋风度及文章与药及酒之关系》转述到中国学界，并逐
渐被认可和接受；20 世纪 80 年代，又因李泽厚《美的历程》
得到广泛传播。但在转述和传播过程中，这一观点并未保持
其原初内涵，而是产生了不同程度的偏离和误解。首先，铃
木虎雄所谓的"文学自觉"特指"魏"这一时期；其次，他
所理解的"文学自觉"是指文学价值不再取决于作为道德的
手段，而是取决于"文学自身"[1]，但他并未直接说明"文学
自身"的价值究竟体现在哪些方面。而在鲁迅的转述中，铃
木氏的观点发生了一个很关键的变化，原本含糊的"文学自
身的价值"，被明确理解为文学"不必寓教训"，是"为艺术

---

① ［日］铃木虎雄：《中国古代文艺论史》，孙俍工译，北新书局 1928 年版，第
47 页。

而艺术"。这种理解显然已偏离了曹丕《典论·论文》的原义，因为所谓"经国之大业，不朽之盛事"，即已包含了政教道德的价值在内。尤需注意的是，鲁迅的这种理解在"文学自觉"说中注入了西方现代审美文学的具体内涵，并成为后来持"魏晋文学自觉"说者的基本思路。如刘大杰《魏晋思想论》评《典论·论文》："他对于文学的对象，有离开六艺而注重纯文学的倾向……""盖文章经国之大业，不朽之盛事……已经有艺术至上主义的倾向，对于纯文学的发展，是要给予重大的影响的。"[①] 郭绍虞《中国文学批评史》："迨至魏、晋，始有专门论文之作，而且所论也有专重在纯文学者，盖以进至自觉的时期。"[②] 李泽厚《美的历程》："文的自觉（形式）和人的主题（内容）同是魏晋的产物。"[③] 20世纪90年代至今，认同"魏晋文学自觉"说者仍然为数不少，并在不断补充和完善着这一观点。[④]

"魏晋文学自觉"说的积极意义在于借用西方现代审美文学观，增进了对中国古代文学特征和思想的了解，揭示出中国古代文学思想与西方现代审美文学观相近的内涵（如重个体、重抒情、重辞采等），醒目地标识出魏晋在中国古代

---

① 刘大杰：《魏晋思想论》，《古典文学思想源流》，上海书店出版社2008年版，第124页。
② 郭绍虞：《中国文学批评史》，百花文艺出版社2008年版，第54页。
③ 李泽厚：《美的历程》，文物出版社1981年版，第96—97页。
④ 范卫平：《"文学自觉"问题论争评述——兼与张少康、李文初先生商榷》，《甘肃社会科学》2001年第5期。

文学史上的转折意义[①]。但吊诡的是，当"文学自觉"的标准被明确为若干审美特征后，中国传统的"文学自觉"却陷入了被泛化的境地。研究者陆续发现，存在于魏晋文学、文论中的那些审美特征，也可见于更早的两汉文学和文论，甚至已出现在战国后期的文学和文论中。这些审美特征在魏晋以后的南北朝文学、唐代文学、宋代文学乃至明代文学中，不仅得以延续，甚至发展得更为强烈、鲜明，"文学自觉"的程度也似乎更高。于是，学界对"魏晋文学自觉"说的质疑声渐多，并且以同样的"审美特征"为依据，又提出了"汉代文学自觉"说、"魏晋南北朝文学自觉"说、"宋齐文学自觉"说、"春秋文学自觉"说、"文学自觉多阶段"说等。当"文学自觉"说在实际上被无限泛化时，它对阐释中国古代文学史的特殊意义和理论价值也就被稀释甚至消解了。

　　产生这种现象的主要原因，并不纯粹在于诸"文学自觉"说的提出者有意标新立异，而恰恰在于"文学自觉"说这一观点本身。持"文学自觉"说者，无论定位于哪个历史时段，对文学性质的理解大多明显受到西方现代审美文学观的影响。不过，且不论这一标准是否契合中国古代文学史的发展特点，即便在二者之间能够找到某些相似或相通之处，是否

---

① 范卫平：《"文学自觉"问题论争评述——兼与张少康、李文初先生商榷》，《甘肃社会科学》2001 年第 5 期。

即可称之为中国文学自身的"自觉"？而且，"文学自觉"是否仅限于对文学"审美特征"的自觉？"文学自觉"的内涵是否如此单一？即如先秦时期对文学的文化属性和功能的认识，岂不也是"文学自觉"的题中应有之义？涂光社先生的看法殊为通达，他认为："一旦人们表述了对文学的认识，就必然会在一定层面显示其自觉意识。谁说'诗言志'的论断和'兴观群怨'以及'温柔敦厚'的诗教中没有体现相当程度的文学自觉意识呢？因为文学确实有这些方面的功能，可以产生这样的社会作用。"①

至此，一些向来被具体问题掩盖的基本问题便浮现出来，如：何谓"自觉"？何谓"文学自觉"？如何确定"文学自觉"的标准？"文学自觉"是体现于作品，还是体现于文论？一般说来，所谓"自觉"，应是指对自身存在状态的认识和反思。"自觉"不同于"自在"，集中表现为有关理论话语。所谓"文学自觉"，也主要体现为作家、文论家对文学活动性质、特点和规律的认识。这种认识可以出现在具体的文学作品中，如《诗经·小雅·节南山》中的"家父作诵，以究王讻"②、屈原《离骚》中的"发愤抒情"说等，而更集中表现为各种形式的文学理论。

---

① 涂光社：《"文学自觉时代"泛议》，《古代文学理论研究》第二十三辑，华东师范大学出版社 2005 年版，第 84 页。
② 周振甫译注：《诗经译注》，中华书局 2002 年版，第 293 页。

　　依此理解，如果说中国古代文学史确实存在"文学自觉"这一事实，那么这个"自觉"也应该是指中国传统文学观按其自身规律的发展过程，由不同时代对文学不同层面性质的认识共同构成，而非根据某个特殊标准限定于某个特定的历史时期。文学是一种历史性存在，人们对文学的认识也是一个历史过程。倘若把"文学自觉"的内涵仅限于对文学审美特征的认识，同时有意无意地将文学史上对文学的文化特征和社会功能的认识排除在"文学自觉"之外①，这显然是一种非历史的观点。

　　如果从更深层的动机看，"魏晋文学自觉"说实际上反映了学界为汉末魏晋这一较为特殊的文学时段寻求一种恰当"说法"做出的努力。不过，在"文学自觉"实际上被泛化为"中国传统文学观自身发展"的同义语后，继续从"文学自觉"的角度解读汉末魏晋文学史已显得泛而不切。"魏晋文学自觉"说凸显了汉末魏晋文学的部分审美特征，完成了对这段文学史的现代包装，但同时也模糊了汉末魏晋文学史的本色与基调，在长时间内抑制了其他阐释的可能。"魏晋文学自觉"说实已成为汉末魏晋文学史研究亟须突破的一个理论围城。学界宜在更深入具体地认识汉末魏晋文学发展特

---

① 闫月珍：《文学的自觉：一个命题的预设与延异》，《华南师范大学学报》（社会科学版）2005 年第 1 期。

点的基础上，对这一时期"文学自觉"的内涵做出更为恰当的揭示和描述，提出并回答诸如"汉末魏晋'文学自觉'有何特殊内涵?""与其他阶段的'文学自觉'有何不同?""汉末魏晋'文学自觉'最突出的理论标志是什么?""哪些概念、范畴最能在整体上反映汉末魏晋'文学自觉'的独特历史品质?"等更加具体的问题。

第二节 ·
从"文学自觉"说到"文体自觉"说 ·

　　当我们经历了上述对各种"文学自觉"说的一番反思，再来解读曹丕的《典论·论文》，应该能够获得一种更能准确反映其特殊理论内涵，也更能准确体现其文论史意义的认识。

　　一篇《典论·论文》，在不同研究者那里往往呈现出不同面目。以其为"魏晋文学自觉"的理论标志者，多对"诗赋欲丽""文以气为主"等命题情有独钟；以其仍囿于文学功用论者，又特别留意"经国之大业，不朽之盛事"所传达的观念内涵；而不满这种主观倾向过于明显的解读者，则试图从论文写作的具体语境和现实动机去揭示其劝勉邺下文士相互尊重、安心本职的本意。

　　由《典论·论文》文本中的直接表述可以看出，曹丕写作此文的初衷主要有两点：一是反对"文人相轻"的文坛劣习，说明文士为文各有长短的道理及原因；二是晓谕文章于国于己的重要价值，勉励身边的文士致力于文章事业。通俗点说，就是希望曹魏集团中的一班文人（"邺下文人"）搞好团结，安心工作，服务国家，成就自己。为了批评"文人相轻"，《典论·论文》从客观和主观两方面说明理由。以客观言，因为"文非一体，鲜能备善"，"文本同而末异"，而"能之者偏"，如王粲、徐干擅长辞赋，陈琳、阮瑀精于章表书记，孔融却拙于作论，等等。以主观言，因为"文以气为主"，而"气之清浊有体，不可力强而致"，如徐干有"齐气"，孔融有"高妙"之气，等等。为了激发文士们对文章事业的热情，《典论·论文》把文章的意义提升到了"经国之大业，不朽之盛事"的高度，将文章之无穷与生命之短促对比，劝导文士们轻功名而惜寸阴，通过文章成就生前身后之名。

《典论·论文》无论是批评"文人相轻"的劣习，还是强调文章事业的价值，其中都贯穿着一个基本观念，即对个体差异的尊重和对个体价值的肯定。正是这一观念构成了《典论·论文》整篇的立论基础。具体说来，"文本同而末异"体现的是对不同类型文章特征的自觉认识，"文非一体，鲜能备善"表达的是对文士于不同文体各有所偏的尊重，"气之清浊有体"反映的是对文士不同气质特征的认识，强调文章乃"不朽之盛事"，突出的则是文章对于个体生命的意义。同时，从其诸多表述也可以清楚地看出，"文体"概念是《典论·论文》整体所体现的对个体差异、特征及价值的自觉与肯定在文论层面的集中表现。正是通过"文体"这一概念，曹丕将其对不同类型文章特征和不同文士文章特征的认识鲜明地表达了出来。

"文体"观念的自觉与文体论的产生，首先意味着文论的重心已从文章与社会的外部关系转向文章自身，不同类型、不同作者、不同流派甚至不同时代的文章自身的特征得以在比较中进一步凸显。这是汉末魏晋时期形成的文体论区别于先秦两汉文论的一个基本特征。在以"文体"论文之前的先秦两汉时期，虽然关于各种文类的理论已较为完整、系统，但论者对各种文类的描述仍然着眼于用。如《周礼·春官·大祝》述大祝之职："作六辞以通上下亲疏远近：一曰祠，二曰命，三曰诰，四曰会，五曰祷，六曰诔。"①尽管尚未对祠、命、诰等六类文辞分别做出说明，但将其统归于"通上下、亲疏、远近"之用亦属合理。汉末刘熙《释名》中的《释书契》与《释典艺》两部分解释了奏、檄、谒、符、传、券、契、策书、册、启、书、告、表等24种文章类型，也同样依用释义。如："檄，激也。下官所以激迎其上之书文也。""谒，诣也，诣告也。书其姓名于上，以告所至诣者也。""传，转也。转移所在，执以为信也。""策书，教令于上，所以驱策诸下也。""上敕下曰告。告，觉也，使觉悟知己意也。""下言上曰表，思之于内，表施于外也。又曰上，

---

① 《十三经注疏》，中华书局1980年影印本，第809页。

示之于上也。又曰言，言其意也。"①

　　与此相比，曹丕的《典论·论文》可称为中国古代第一篇完整的"名实相副"的文体论。甚至可以说，该文作为中国古代第一篇文章专论的意义，很大程度上是借由其作为第一篇文体论显示出来的。首先，《典论·论文》在言及奏议、书论、铭诔、诗赋等文章类型时，已明确以"体"为中心，从"文体"角度认识和定位各类文章。其次，文中之"体"已直接用来指称奏、议、书、论等各类文章。如所谓"文非一体"，意即文章已分诗、赋、铭、诔等各种类型；"惟通才能备其体"，意为通才方可兼擅从奏议至诗赋等各类文章。"体"的这种用义，表明"文体"意识与"文章"意识已融为一体，而且文体观已成为当时评论文章的一个新的观念平台，研究者的目光也因此更多地集中于各类文章自身的特征。

　　文体论所蕴含的回到文章自身的意识，典型体现为《典论·论文》对各类文体特征的概括与区分："夫文本同而末异。盖奏议宜雅，书论宜理，铭诔尚实，诗赋欲丽。此四科不同，故能之者偏也，唯通才能备其体。"②徐复观先生曾在《〈文心雕龙〉的文体论》中把此处的"体"理解为"艺术的形相性"，认为其具体所指即是奏议之"雅"、书论之"理"、

---

① ［汉］刘熙撰，［清］毕沅疏证，王先谦补：《释名疏证补》，中华书局2008年版，第200—219页。
② ［南朝梁］萧统编，［唐］李善注：《文选》，中华书局1977年版，第720页。

"铭诔"之"实"和诗赋之"丽"。[①] 这明显是因其对中国古代"文体"一词含义的先入之见而造成的误解。循曹丕文意，此处之"体"即指奏、议、书、论、铭、诔、诗、赋等8种类型的文章；所谓"唯通才能备其体"，也是指对8种类型文章的掌握，绝非指掌握"雅""理""实""丽"等4种文体特征。[②]

从文体观发展的角度看，更值得关注的是《典论·论文》对8种文章类型特征的确切精练的概括。在中国文学（文论）史上，《典论·论文》第一次用如此精当、明确的概念标识出当时流行的主要文章类型的整体特征。这种高度概括、适切的描述只有在对各类文章的题材、语言、功能、性质等有了深入的认识后才能出现，是文章写作经验、阅读经验及批评经验的高度提炼和理论升华。在这个意义上可以说，文体观的自觉和文体论的产生反映了文学主体（包括写作者与批评者）对文章作为一种独特的社会存在的高度自觉；正是在文体论的语境中，各种文章的内部构成和特征得到了前所未有的呈现和描述。此后，文章分类也更多地被称为"区判文体""辨体"等。

"文体"观念的自觉和文体论的产生又促进了文章观念

---

① 徐复观：《〈文心雕龙〉的文体论》，《中国文学精神》，上海书店出版社 2004 年版，第 128 页。
② 参考拙文《论徐复观〈文心雕龙〉文体论研究的学理缺失》，《文化与诗学》2008 年第 2 辑。

的分化与审美文学观的成熟。随着文体论的进一步发展，"文体"范畴广泛用于文论的各个领域。文体论的外延迅速扩大，在文类文体论之外，又产生了作者文体论、时代文体论、流派文体论等，昭示着时人对作者文章特征、时代文章特征、流派文章特征的高度自觉。作者文体论在《典论·论文》中已露端倪，如谓"应玚和而不壮，刘桢壮而不密"[1]，即是对应、刘文章整体特征的评述。《典论》佚文也有"优游按衍，屈原之尚也。穷侈极妙，相如之长也"[2]，这是对屈原和司马相如辞赋类作品特征的比较与说明。作者文体论多就同一文类的不同文章进行比较，如傅玄《连珠序》谓班固之连珠"喻美辞壮"、蔡邕之连珠"言质而辞碎"、贾逵之连珠"儒而不艳"、傅毅之连珠"文而不典"等，都是对各家（连珠）文体特征的简洁品评。[3] 再如《文心雕龙·诸子》纵论战国至西汉的诸子文体，洋洋大观，对各家文体特征的点评则要言不烦，体现了论者对各家文体特征的准确认识和完整把握。[4] 钟嵘《诗品》专论各家五言诗体，乃是作者文体论高度成熟的产物，可谓集作者文体（诗体）论之大成。如

---

① ［南朝梁］萧统编，［唐］李善注：《文选》，中华书局1977年版，第720页。
② 穆克宏、郭丹编著：《魏晋南北朝文论全编》（修订本），江苏教育出版社2004年版，第15页。
③ 郁沅、张明高编选：《魏晋南北朝文论选》，人民文学出版社1996年版，第108页。
④ ［南朝梁］刘勰著，范文澜注：《文心雕龙注》，人民文学出版社1958年版，第309页。

评曹植"骨气奇高，词彩华茂，情兼雅怨，体被文质"，王粲"文秀而质赢"，陆机"才高辞赡，举体华美"，张协"文体华净"，左思"文典以怨"，张华"其体华艳"，郭璞"文体相晖，彪炳可玩"，袁宏"鲜明紧健"，陶潜"文体省静"，颜延之"体裁绮密，然情喻渊深"，等等。①

文体论发展至一定阶段，有关时代文体特征的论述也自然出现。沈约《宋书·列传第二十七谢灵运传论》这样概述自汉至魏400多年间的文体变化规律："自汉至魏，四百余年，辞人才子，文体三变。相如巧为形似之言，班固长于情理之说，子建、仲宣以气质为体，并标能擅美，独映当时。……降及元康，潘、陆特秀，律异班、贾，体变曹、王，缛旨星稠，繁文绮合。……灵运之兴会标举，延年之体裁明密，并方轨前秀，垂范后昆。"②论者以相如的形似之体为西汉文体的典型，以班彪、班固的情理之体为后汉文体的范例，以曹植和王粲的气质之体为三国魏文体的代表。另如刘勰《文心雕龙·通变》篇所谓"黄唐淳而质，虞夏质而辨，商周丽而雅，楚汉侈而艳，魏晋浅而绮，宋初讹而新"③，也可视为对上古至南朝宋的历代文体特征演变的简要概括。

---

① 　此引《诗品》语均见［南朝梁］钟嵘著，曹旭集注：《诗品集注》（增订本），上海古籍出版社2011年版。
② 　［南朝梁］沈约撰：《宋书》（修订本），中华书局2019年版，第1944—1945页。
③ 　［南朝梁］刘勰著，范文澜注：《文心雕龙注》，人民文学出版社1958年版，第520页。

　　人们又尝试对同时代的文体进行整体划分，标识出不同文体流派。如萧子显《南齐书·文学传论》："今之文章，作者虽众，总而为论，略有三体。一则启心闲绎，托辞华旷，虽存巧绮，终致迂回。宜登公宴，本非准的。而疏慢阐缓，膏肓之病，典正可采，酷不入情。此体之源，出灵运而成也。次则缉事比类，非对不发，博物可嘉，职成拘制。或全借古语，用申今情，崎岖牵引，直为偶说。唯睹事例，顿失清采。此则傅咸五经，应璩指事，虽不全似，可以类从。次则发唱惊挺，操调险急，雕藻淫艳，倾炫心魂。亦犹五色之有红紫，八音之有郑、卫，斯鲍照之遗烈也。"①论中把当时文体分为三类，各有其特征，各有其渊源，又各有其代表作家。

　　如果说文体论的发展标志着文论重心转移到了文章自身，那么作者文体论、时代文体论、流派文体论等的产生，进而表明人们对文章自身特征已有全面自觉。因为回到了文章自身，人们不仅发现并总结出了各种文类文体的特征，而且发现并总结出了文体（即不同类型文章整体存在）中所包含的作者特征、时代特征、流派特征等。文体的自觉敞开了极其丰富的认识文章的视角，先秦两汉时期文用论的单一视角被文体论的全方位视角所替代，或小或大，或内或外，或

---

① ［南朝梁］萧子显撰：《南齐书》（点校修订本），中华书局2019年版，第1000—1001页。

远或近，或纵或横，评鉴者从围绕文体形成的各种维度的关系中感受文章的千姿百态，品评文章的雅俗优劣，认识文章的源流通变。

文体观的发展催生了"文""笔"二体的区分，文章的声韵之美得到了特别关注。如《文心雕龙·总术》以"无韵者笔也，有韵者文也"①加以总结。因为诗为有韵之文之首，所以又有以"诗""笔"对举。如《梁书·列传第三十五刘潜传》："刘潜字孝仪，秘书监孝绰弟也。幼孤，与兄弟相励勤学，并工属文。孝绰常曰'三笔六诗'，三即孝仪，六孝威也。"②钟嵘《诗品》："彦升少年为诗不工，故世称'沈诗任笔'。"③萧纲《与湘东王书》："至如近世谢朓、沈约之诗，任昉、陆倕之笔，斯实文章之冠冕，述作之楷模。"④在此基础上，文章的情思之美与辞藻之美又得以彰显。如南朝梁萧统《文选序》将选文（史著之"述赞"）标准归结为"事出于沉思，义归乎翰藻"，并以此排除了"姬公之籍，孔父之书"等儒家经典、"以立意为宗，不以能文为本"的诸子著作、记录"贤人之美辞，忠臣之抗直，谋夫之话，辩士之端"

① ［南朝梁］刘勰著，范文澜注：《文心雕龙注》，人民文学出版社 1958 年版，第 655 页。
② ［唐］姚思廉：《梁书》（点校修订本），中华书局 2020 年版，第 658 页。
③ ［南朝梁］钟嵘著，曹旭集注：《诗品集注》（增订本），上海古籍出版社 2011 年版，第 418 页。
④ 郁沅、张明高编选：《魏晋南北朝文论选》，人民文学出版社 1996 年版，第 352 页。

的策士之书以及"褒贬是非,纪别异同"的"记事之史,系年之书"①。萧绎《金楼子·立言》对"文""笔"特征的规定,较"有韵无韵"说更为丰富,将"文"的特征归于抒情之美("吟咏风谣,流连哀思")、辞采之美("绮縠纷披")、声韵之美("宫徵靡曼,唇吻适会")和强烈的感发效果("情灵摇荡")。②这是对文章审美特征最为全面而鲜明的阐述和主张,也最能反映中国古代文学审美的自觉。

总之,中国文学史从先秦两汉时期占主导地位的文用论发展到南北朝时期的"审美"论,这对汉末魏晋之际的文体观自觉和文体论的形成起到了关键作用。文体观的自觉和文体论的形成标志着人们对文章的认识回到了文章自身,不同类型文章的特征得到了更细致、更具体的辨析和描述,加上社会风气、文化环境和文学趣味的影响,文章的审美特征逐渐被鲜明、集中地揭示出来,在此基础上才出现了所谓文学"审美"的自觉。要之,中国传统文学的自觉是一个持续的过程,先秦两汉时期的文学自觉主要表现为"文用"的自觉,汉末魏晋时期的文学自觉则主要表现为"文体"的自觉,而南北朝时期的文学自觉主要表现为"审美"的自觉。此后文学观的发展,从基本性质看大都不出上述范围。

---

① [南朝梁] 萧统编,[唐] 李善注:《文选》,中华书局1977年版,第2页。
② [南朝梁] 萧绎撰,许逸民校笺:《金楼子校笺》,中华书局2011年版,第966页。

## 第三节 ⋮
## 文体的自觉与个体的自觉 ●

从更广泛的文化背景看,《典论·论文》中的文体自觉意识是与个体生命的自觉意识密切相关、互为表里的。

学界习惯把《典论·论文》中有关"文以气为主"的论述概称为"文气"论,这自然有其道理,但若从"文气"论与"文体"论的内在联系看,则更适合称为"气体"论。此非笔者杜撰,《典论·论文》已有明确表述:"文以气为主;气之清浊有体,不可力强而致。譬诸音乐,曲度虽均,节奏同检;至于引气不齐,巧拙有素,虽在父兄,不能以移子弟。"[①] 这段话虽以"文以气为主"一句为冠首,且此句也的确为这段话的总起,但细析其全部论述,应该说"气之清浊有体"一句才是关键,而"文以气为主"更像一句引论,主要是为了导出"气之清浊有体"这一核心观点。"气之清浊有体"以下,都是围绕此句展开,强调气各有"体",有"清""浊"之分,各人所秉不同,无法遗传,更不可传授。

① ［南朝梁］萧统编,［唐］李善注:《文选》,中华书局1977年版,第720页。

"气体"论之于"文气"论的关系如同"文体"论之于"文章"论的关系。从一定意义上说，"文体"论是对尚显笼统的"文章"论的进一步分化、细化和深化，文章的诸多性质和特征正是在"文体"论中得到了更充分、更清楚的揭示。同理，"气体"论也是对较为混沌的"文气"论的进一步规定和描述，文气的具体特征和表现也恰是在"气体"论中得到更清晰的说明。

因此，更准确地说，《典论·论文》中的理论格局应该由过去的"文体"论与"文气"论的前后关联调整为"文体"论与"气体"论的客主对照。这显然不是在做文字游戏，"文体"和"气体"两种观点出现在同一篇文论中，自有其深刻的内在联系和文学史意义。

如果说"文体"论的产生反映的是人们对不同类型文章自身特征的自觉与重视，那么"气体"论的出现则表明了曹丕对不同作家自身禀性的关注和理解。在汉末魏晋这个较为特殊的时代，人们从外发现了文章类型的多样性和差异性，对每种类型文章的特征自觉进行分析和归纳，并在创作中充分尊重不同文类的特征和要求。与此同时，人们又自内认识到文章作者气质禀性的多样性与差异性，开始对不同作家的气质特征进行描述和评价，并特别指出作家气质的差异不能成为"文人相轻"的理由。

申而论之，"文体"论与"气体"论不仅同样体现为对个体特征的自觉及尊重，而且在更深的文化层面相通，这就是"文体"论所蕴含的生命整体观的自觉与"气体"论所反映的个体生命意识的高涨。

在"文体"论产生之初，"文体"所蕴含的生命整体性特征还不明显，主要作为一种语义积淀，存在于论文者经验式的使用之中，处于"日用而不知"的状态。而在"文体"论发展成熟后，在文学语境和文论语境的激发下，最初的这层无意识语义积淀便逐渐呈现，并由理论话语清楚地表达出来。如《文心雕龙·附会》篇以生命整体结构譬喻"体制"，《颜氏家训·文章》以生命整体譬喻"体裁"。一个很有意思的现象是，正是在"文体"论产生和发展过程中，文论中出现了大量取自汉末魏晋人物品评的概念，如"风格""风貌""风骨""神韵""气韵""气力""气格""气魄""气脉""骨力""骨鲠""骨髓""骨劲""骨韵""格调"等。这些充满生命性特征的概念，一方面更具体地展现了文章的生命构成与特征，另一方面表明了文体论与当时勃兴的个体生命的自觉意识关系密切——文体的自觉乃是在汉末魏晋个体生命自觉的文化土壤上结出的一颗文论之果。回到文章自身的背后是回到人自身，对不同文类特征的理解与尊重的背后是对不同个体生命特征的理解与尊重。

在社会文化层面，"文体"论中的生命整体观与汉末魏晋兴起的个体生命的觉醒都与其时的人物品评有直接的渊源。人物品评源于汉代选官任职的察举制，又因曹魏实行的九品中正制而被强化。但在汉末清议之风的影响下，人物品评的政治实用色彩转淡，个体品行、才识、风格、体貌的特征和价值成为品题、标榜的主要对象。如《世说新语·德行》评汉末名士李膺："李元礼风格秀整，高自标持，欲以天下名教是非为己任。"① 《赏誉》载："武元夏目裴、王曰：'戎尚约，楷清通。'"② 又载："谢幼舆曰：'友人王眉子清通简畅，嵇延祖弘雅劭长，董仲道卓荦有致度。'"③ 《品藻》载："抚军问孙兴公：'刘真长何如？'曰：'清蔚简令。''王仲祖何如？'曰：'温润恬和。''桓温何如？'曰：'高爽迈出。''谢仁祖何如？'曰：'清易令达。''阮思旷何如？'曰：'弘润通长。''袁羊何如？'曰：'洮洮清便。''殷洪远何如？'曰：'远有致思。'"④ 以上所记人物品评，涉及人物众多，每人所题言虽玄远，意却简当，各有特征，不相混同。风气所向，个体生命的特征被反复品味以至欣赏，而其价值也因此得到肯定。

在此背景下，文章的特征与价值也更多地与个体生命联系在一起。如《典论·论文》论："粲长于辞赋，徐干时有齐

---

① ［南朝宋］刘义庆著，［南朝梁］刘孝标注，余嘉锡笺疏：《世说新语笺疏》，中华书局 1983 年版，第 6 页。
② ［南朝宋］刘义庆著，［南朝梁］刘孝标注，余嘉锡笺疏：《世说新语笺疏》，中华书局 1983 年版，第 426 页。
③ ［南朝宋］刘义庆著，［南朝梁］刘孝标注，余嘉锡笺疏：《世说新语笺疏》，中华书局 1983 年版，第 441 页。
④ ［南朝宋］刘义庆著，［南朝梁］刘孝标注，余嘉锡笺疏：《世说新语笺疏》，中华书局 1983 年版，第 521 页。

气，然粲之匹也。如粲之《初征》《登楼》《槐赋》《征思》，干之《玄猿》《漏卮》《圆扇》《橘赋》，虽张、蔡不过也。然于他文，未能称是。琳、瑀之章表书记，今之隽也。应玚和而不壮，刘桢壮而不密。孔融体气高妙，有过人者，然不能持论，理不胜词，以至乎杂以嘲戏，及其所善，杨班俦也。"①这段话主要为了说明文士与文体各有所长，难以备善，但已间或论及作家气质与文体的关系。结合曹丕的《与吴质书》，这一观点更加明显。如此段称"粲长于辞赋"，《与吴质书》则云"仲宣独自善于辞赋，惜其体弱，不足起其文"；又称"刘桢壮而不密"，《与吴质书》则云"公干有逸气，但未遒尔"，道出了刘桢文体"壮而不密"的主观原因。②时至南朝，出现了关于个体独特情性与文体特征关系的专论，这就是《文心雕龙·体性》篇。其云："是以贾生俊发，故文洁而体清；长卿傲诞，故理侈而辞溢；子云沉寂，故志隐而味深；子政简易，故趣昭而事博；孟坚雅懿，故裁密而思靡；平子淹通，故虑周而藻密；仲宣躁锐，故颖出而才果；公干气褊，故言壮而情骇；嗣宗俶傥，故响逸而调远；叔夜俊侠，故兴高而采烈；安仁轻敏，故锋发而韵流；士衡矜重，故情繁而辞隐。"③刘勰详列了自西汉至西晋共 12 位著名作家以说明性

---

① ［南朝梁］萧统编，［唐］李善注：《文选》，中华书局 1977 年版，第 720 页。
② 郁沅、张明高编选：《魏晋南北朝文论选》，人民文学出版社 1996 年版，第 10 页。
③ ［南朝梁］刘勰著，范文澜注：《文心雕龙注》，人民文学出版社 1958 年版，第 506 页。

情气质与文体特征之间的内在关联。

文章价值的指归也由政治教化转向个体生命。《典论·论文》中的这段话当作如是观："盖文章，经国之大业，不朽之盛事。年寿有时而尽，荣乐止乎其身。二者必至之常期，未若文章之无穷。是以古之作者，寄身于翰墨，见意于篇籍，不假良史之辞，不托飞驰之势，而声名自传于后。故西伯幽而演易，周旦显而制礼，不以隐约而弗务，不以康乐而加思。夫然，则古人贱尺璧而重寸阴，惧乎时之过已。而人多不强力，贫贱则慑于饥寒，富贵则流于逸乐，遂营目前之务，而遗千载之功。日月逝于上，体貌衰于下，忽然与万物迁化，斯志士之大痛也。"[①] 有研究者围绕"经国之大业"大做文章，以此说明曹丕对文章地位的推崇；但正如"文以气为主"乃是"气之清浊有体"的导入语，"经国之大业"也不过是在强调"不朽之盛事"之前的门面语。在曹丕心目中，文章已被视为个体生命超越生死、贫贱、富贵、权势乃至肉体存在的重要手段。曹丕不仅颠倒了传统的"立德、立功、立言"的先后次序，将"立言"置于首位，而且改变了"立言不朽"的社会伦理内涵，易之以个体生命的永恒。

---

① ［南朝梁］萧统编，［唐］李善注：《文选》，中华书局 1977 年版，第 720—721 页。

## 研讨专题

1. 中国文学史和文学批评史中"文学自觉"说产生的背景是什么？如何认识和评价其学术史意义及其理论局限？

2.《典论·论文》作为中国古代第一篇文章专论，也是中国古代第一篇文体论，二者之间是什么关系？曹丕文体论的产生有何文学史背景？

3. "文体自觉"与"文学自觉"有何区别？这里所说"文体自觉"是否等同于"文学体裁的自觉"？

4. "文体"论在曹丕《典论·论文》中是如何展开的？"文非一体"说与"气之清浊有体"说有何内在联系？曹丕的"文气"论与后世韩愈、苏辙等人的"文气"论有何区别？

## 拓展研读

1. ［日］铃木虎雄:《中国古代文艺论史》，孙俍工译，北新书局 1928 年版。

2. 汤用彤:《魏晋玄学论稿》，商务印书馆 2020 年版。

3. 余敦康:《魏晋玄学史（第二版）》，北京大学出版社 2015 年版。

4. 刘跃进:《门阀士族与永明文学》，生活·读书·新知三联书店 1996 年版。

5. 孙月明:《三曹与中国诗史》，商务印书馆 2013 年版。

# 第四章

*/Chapter 4/*

# 文体与通变

• • • • • • • •

为解决文章创作中传统与新变的矛盾，刘勰除了在《宗经》篇提出"衔华而佩实"，在《辨骚》篇提出"酌奇而不失其贞，玩华而不坠其实"，在《风骨》篇提出"镕铸经典之范，翔集子史之术"，在《定势》篇提出"执正以驭奇"等写作原则和方法之外，又在《通变》篇集中论述了文章写作中"有常之体"与"文辞气力"之间"会通"与"适变"的关系。但《文心雕龙》"通变"论并非《周易》"通变"论在文论中的直接运用。在《周易》"通变"论中，"变"是天然合理的，"变"是"通"的条件，"通"是"变"的结果。刘勰为了纠正南朝以来的文学"新变"产生的太多的"爱奇"之风、"浮诡"之言和"淫丽"之辞，其"通变"论的重点不是鼓励和推动文章之"变"，而是通过源于经典的"有常之体"之"相因"来规范文章之"变"，以克服"新变"之弊，其所说的"通"主要也不是指向文章之"变"的结果，而是主要指向文章之"变"的前提，即对传统"有常之体"的"会通"。刘勰将传统"通变"论融入《文心雕龙》"以正驭奇、以常驭变"的整体论文思路，使《周易》"变而通之"意义上的一般"通变"论转换成了《文心雕龙·通变》篇"会通—适变"意义上的文学"通变"论。

第一节
《周易》"通变"论

刘勰"通变"论的源头是《周易》"通变"论。"夫'易'者，变化之总名，改换之殊称"①，"变化"和"变动"是《周易》的基本精神。"《易》之为书也，不可远。为道也屡迁，变动不居，周流六虚，上下无常，刚柔相易，不可为典要，唯变所适。"(《系辞下》)《周易》之道并不玄远，就在六合之内万事万物永不停息的变动之中；《周易》之道也不可固化为某种典则和纲要，只有变动和变化才是其存身之所。"道有变动，故曰爻"，"爻也者，效天下之动者也"(《系辞下》)，爻象是"道"之变动的直观显现；"刚柔相推，变在其中矣；系辞焉而命之，动在其中矣"(《系辞下》)，刚爻（—）与柔爻（－－）的推移是"道"之变动的基本形式，而卦爻所系之辞则是对"道"之变动规律的说明。

若谓"变"是《周易》的基本精神，则"通变"与"变

---

① 文中《周易》引文均见［唐］孔颖达：《周易正义》，李学勤主编：《十三经注疏》简体字横排本，北京大学出版社 1999 年版。

通"就是对《周易》基本精神内涵的进一步说明和展开。但作为双音节词的"通变"和"变通",在《周易》中实际使用次数很少,用得最多的是单音节的"变"和"通"。如《周易·系辞上》:"是故阖户之谓坤,辟户之谓乾,一阖一辟谓之变,往来不穷谓之通。""是故形而上者谓之道,形而下者谓之器,化而裁之谓之变,推而行之谓之通,举而错之天下之民谓之事业。""极天下之赜者存乎卦;鼓天下之动者存乎辞;化而裁之存乎变;推而行之存乎通;神而明之存乎其人;默而成之,不言而信,存乎德行。""子曰:圣人立象以尽意,设卦以尽情伪,系辞焉以尽其言,变而通之以尽利,鼓之舞之以尽神。"《周易·系辞下》:"《易》穷则变,变则通,通则久,是以'自天祐之,吉无不利'。"

原始文献中这些相互关联的单音节的"变"和"通",有助于人们更真切地了解"变"与"通"的原初内涵及其关系:第一,"变"与"通"用义有别,《周易》对"变"与"通"分别描述,赋予二者明显不同的具体内涵。第二,在"变"与"通"的关系中,一般是"变"在前,"通"在后,"变"为主,"通"为辅,"变"是指事物的运动、发展、更改、损益、增减等状态,"通"是指"变"的结果和成效。也就是说,"变"是为了"通","通"则需要"变"。事物"一阖一辟""化而裁之"的变化、变动,是为了使事物的发展"往来不穷",是为了将事业"推而行之"。第三,"变"与"通"

的这种关系集中体现在"变而通之以尽利"这一概述中,《周易》中的双音节词"变通"即是"变而通之"的词语式、概念式表达,如"变通莫大乎四时"(《系辞上》)。第四,从《周易》中的相关表述可以看出,"变"是相对事物过去状态的更改而言,而"通"作为"变"的目的和效果,则是明显指向未来的。由此也可看出,将《周易》之"通变"理解为"通指继承,变指革新",显然与其本义相差其远。

在《周易》"系辞上"和"系辞下"中,双音节的"通变"("通"在前,"变"在后)一词仅出现一次,而细辨其义,既非"变通"一词的字序颠倒,也非"通"与"变"的并列合成,更无"继承与革新"之义。准确地说,此例中的"通变"是"通其变"的词语式、概念式表达,恰如"变通"一词是"变而通之"的词语式、概念式表达。《周易·系辞上》:"生生之谓易,成象之谓乾,效法之谓坤,极数知来之谓占,通变之谓事,阴阳不测之谓神。""参伍以变,错综其数:通其变,遂成天地之文;极其数,遂定天下之象。非天下之至变,其孰能与于此?"《周易·系辞下》:"神农氏没,黄帝、尧、舜氏作,通其变,使民不倦;神而化之,使民宜之。"仔细对照同组其他分句中与"通变"一词对应的那些词语的结构,不难对此处"通变"一词的内在结构和词义获得比较准确的理解。同组第一个分句"生生之谓易"中的"生生",第二个分句"成象之谓乾"中的"成象",第三个分句"效法之谓坤"中的"效法"，第四个分句"极数知来之谓占"中的"极数"和"知来"，这些双音节合成词都属于动宾式结构；其后的第六个分句"阴阳不测之谓神"中与"通变"对应的是一个词组"阴阳不测"，可以视为"不测阴阳"的倒装，本质上也同样属于动宾式结构。在这样一个词语结构和句式结构都很有规律的排比式表述中，"通变"一词除了被理解为"通其变"（意为"通晓其变化规律"），不宜有其他更合乎逻辑的解释。再参考另外两例中直接出现的"通其变"，理应能够明确《周易》中的"通变"一词即"通其变"的词语式、概念式表达。

综上所论，在《周易》文本中，无论是"变通"还是"通变"，其中的"通"与"变"之义皆非并列关系。"变通"侧重事物自身的变化及其效果，"通变"侧重主体对事物变化规律的认识和掌握。在这两个词中，"变"都是语义的关键和核心。

在后世文献中，"通变"一词很多时候即相当于《周易》中的"变通"，是"变通"一词的变形，而非《周易》原有的"通晓其变化"意义上的"通变"。不过也不能因此将《文心雕龙》"通变"论视为《周易》"通变（变通）"论在文论中的直接运用，不能将其基本含义同样理解为"变而通之"。作为一部体系完整的文论著作，《文心雕龙》的撰著本身就是一个系统的意义建构的过程，诸多早先习用的词语一旦被纳入这一完整的话语体系和意义结构，其原有词义往往会发生一定程度的改变，生成一种与新的话语体系及意义结构相统一的概念内涵。因此应首先着眼于《通变》全篇与《文心雕龙》全书的关系，以及《文心雕龙》全书与文学历史语境的关系，分析不同层次文本的内外关系，整体把握《文心雕龙》全书和《通变》全篇的问题指向、文学观念、批评标准、论述思路及现实根据，从而对刘勰"通变"论内涵获得一种基于原始文本和原始语境的理解。

<br>

第二节 ●
文学"新变"的两种倾向 ●

<br>

　　《文心雕龙》"通变"论与南朝文坛的文学新变现象及文学新变观直接相关，后者是《文心雕龙》"通变"论产生的现实基础和问题指向。综合当时文学"新变"的具体内容及评论者的态度而观之，主要有三种情形。

　　第一种是以萧统、萧绎、萧子显为代表的文学"新变"派，可称为"整体新变"派。这是因为，首先，他们视"新变"为文学的基本特征，对文学"新变"持整体肯定甚至欣赏的态度。如萧统《文选序》云："文之时义远矣哉！若夫椎轮为大辂之始，大辂宁有椎轮之质？增冰为积水所成，积水曾微增冰之凛，何哉？盖踵其事而增华，变其本而加厉。物既有之，文亦宜然。随时变改，难可详悉。"[1] 萧统由物理推及文理，认为"随时变改"是文章的基本性质，"踵事增华""变本加厉"是文"变"的基本规律，意谓文章的整体变化趋势就是使原有之"质"变得更加丰富、复杂、深刻、

---

[1] 《宋尤袤刻本文选》，国家图书馆出版社 2017 年版，第 1 页。

精美的过程。萧子显《南齐书·文学传论》云："习玩为理，事久则渎，在乎文章，弥患凡旧。若无新变，不能代雄。建安一体，《典论》短长互出；潘、陆齐名，机、岳之文永异。江左风味，盛道家之言，郭璞举其灵变，许询极其名理，仲文玄气，犹不尽除，谢混情新，得名未盛。颜、谢并起，乃各擅奇；休、鲍后出，咸亦标世。朱蓝共妍，不相祖述。"①萧子显将文章之理与习玩之理类比，认为相较一般的习玩，文章写作更应该力避平凡与陈旧，而是否能够与时"新变"，被视为文章能否称雄一个时代的决定条件。从萧子显所列的建安以来文章诸家来看，他不仅强调不同时代的文章"不相祖述"，而且着意突出同一时代不同作者文体间的个性差异。他的这篇《文学传论》从纵横两个维度将文学"新变"观推向极致。

其次，他们的文学"新变"观主要是通过宏观层面对"文"之外延与内涵的严格辨析来体现的，也即是说，他们所说的"新变"，并非指单个文章因素的新变，而是文体类型意义上的新变。在《文选序》中，萧统通过逐步辨析以推出符合其新变文学观的文体类型。他先是将地位尊崇、旨在人伦教化的儒家经典"请出"其选文范围，接着将"以立意为宗，不以能文为本"的诸子之文排除在外，进而又将"事

---

① ［南朝梁］萧子显：《南齐书》，中华书局 1972 年版，第 908 页。

异篇章"的策士之语归入不取之列。对待史书时，萧统一方面因其主要内容为"褒贬是非，纪别异同"而认为史书在整体上与"篇翰"不同，另一方面又因其中"赞论"和"序述"部分具有"综缉辞采""错比文华"以及"事出于沉思，义归乎翰藻"等特点而将其单独归为"篇什"一类。综观萧统的4次取舍，首先可以明确的一点是，萧统所选的主要类型为"篇章"（"篇翰""篇什"）之文，即相对独立、篇幅完整、文义自足的单篇文章，也即后来与经、史、子相并列的"集"类文章。再通过萧统关于史书之文一舍一取的对照，可以看出其选文所依据的一些具体而关键的标准：词采错综，文辞华美，即使是其中的"事义"（即"事类"）也需要融入作者的深沉之思，并以丰富而美丽的辞藻表现出来[①]。综而言之，萧统的文学"新变"观主要体现为对那些思想感情深沉、辞采丰富华美的篇章之文的青睐。[②]

在《金楼子·立言》篇中，萧绎则通过另一种方式的辨析，系统完整地表述了其"新变"文学观。[③]萧子显认为古人之学有"儒"与"文"两类，而"今日之学"已分化为"儒—学""文—笔"4种。先看"儒"与"学"之异。"儒"

---

① 此处"事出于沉思，义归乎翰藻"本义是针对史书中的"赞论"和"序述"部分而言的，但是萧统针对史书中"赞论"和"序述"部分文体特征的这一表述，也应该在很大程度上体现了他选文的一般标准。

② 《宋尤袤刻本文选》，国家图书馆出版社2017年版，第4—5页。

③ ［南朝梁］萧绎撰，陈志平、熊清元疏证校注：《金楼子疏证校注》，上海古籍出版社2014年版，第770页。

的本质特征在于"通圣人之经",这种"通"应该是全面的"通",既能"通"其文,"通"其事,又能"通"其理;而"学"虽然"博穷子史","但能识其事,不能通其理"。显然,"学"相对于"儒"并非别是一家,而是"儒"的某种退化,这种退化的本质表现就是"学"不再具有"儒"原初的完整性。另外,相对于"文","学者率多不便属辞,守其章句,迟于通变,质于心用",也就是说,"学者"因为拘守着经文章句,缺少适时随事灵活变通的能力和心思,所以大多不善于写作文章。这实际上又是从另一个角度指出了"学"的不完整性。再看"文"与"笔"之异。萧绎首先是从文体范围上将"文"与"笔"区分开来:"文"的代表性文体是"吟咏风谣,流连哀思"的诗歌,"笔"主要是指章表奏议等公文之体,进而从文体内在结构上明确"有情、采、韵者为文,无情、采、韵者为笔"①。萧绎关于"笔"的描述和评价是否定性的:所谓"退则非谓成篇",意为"笔"一类的作品从较低标准来看甚至无法构成真正意义上的完整篇章;所谓"进则不云取义",意为"笔"一类的作品从较高标准来看更缺乏一篇文章必备的思想和情感;而"笔"所真正擅长的不过是"神其巧惠笔端",意为只能在笔法层面穷其灵巧和聪明。萧绎的描述和评价表明,"笔"一类作品的真正要害在

---

① 黄侃:《文心雕龙札记》,上海古籍出版社 2000 年版,第 213 页。

于其文体自身的不完整性，其文意是欠缺的，其内容是空洞的，即使在语言层面也缺乏真正的文采和韵律之美，徒剩一些笔法上的技巧；而与之相对的"文"则是情感、辞采和韵律兼备，文质相胜，形神兼美。

与萧统、萧绎所肯定的这种内容与形式完整统一的文学"新变"相比，齐梁文学"新变"中的后两种倾向则因破坏了文章结构的整体性而受到论文者的批评。其中第二种"新变"表现为在文章结构诸要素中尤其热衷于"四声"格律化这一语言形式层面的新变因素。"四声"的自觉及其格律化与齐梁时代"盛为文章"的风气密切相关，文章写作规模的扩大、作品数量的剧增、专业程度的提升、交流品评的密切，都促使作者穷尽智慧在文体各个层面出新求变，逐奇好异，力图在竞争激烈的文坛出人一头，以获得关注。作者们"情必极貌以写物，辞必穷力而追新"（《文心雕龙·明诗》），一方面"窥情风景之上，钻貌草木之中"（《文心雕龙·物色》），另一方面"俪采百字之偶，争价一句之奇"（《文心雕龙·明诗》）。"四声"理论的形成和流行，为他们在语言技巧层面追新逐奇提供了一个前所未有的发挥空间。"四声"格律化技巧对当时文士的巨大吸引力，可从钟嵘《诗品序》中的描述见其一斑："王元长创其首，谢朓扬其波。三贤或贵公子孙，幼有文辩，于是士流景慕，务为精密，襞积细微，专相陵架。"① 与"四声"论相提并论的所谓"八病"说，与其说是诗歌本身表达情感和协调声韵的需要，不如说体现了当时作者对这一新开发的语言技巧的极端迷恋，以及他们希望凭借掌握这一时新而又复杂的语言技巧以取胜文场的强烈欲望。因此他们不惮烦琐，务求精细和精巧，导致了诗歌"文多拘忌，伤其真美"。

齐梁文学"新变"第三种情形表现为在诗歌写作中"竞须新事"而违背了诗歌"吟咏情性"的基本文体要求。如钟嵘认为文章"用事"是个人所共知的话题，但能否"用事"则要根据文体类型而定：宜用者为"经国文符"和"撰德驳奏"一类的朝廷公文，忌用者为本当"吟咏情性"的诗歌。钟嵘认为古今诗歌中的胜语秀句皆由"即目""直寻"所得，而与"故实""经史"无关。可是自刘宋以降，诗歌中的"用事"现象竟愈演愈烈，在颜延之、谢庄、任昉、王融等人先后影响下，诗坛形成了竞相使用新事的流俗之风，以致出现了诸多"句无虚语，语无虚字，拘挛补衲，蠹文已甚"的堆垛事类的诗作。这些诗人无法凭借天才写出蕴含"自然英旨"的优秀词句，就只能以炫耀学问为能事，在诗作中添加越来越多的"事义"。这种所谓的创新显然背离了诗歌文体的内

---

① ［南朝梁］钟嵘著，王叔岷笺证：《钟嵘诗品笺证稿》，中华书局 2007 年版，第 111 页。

在要求。①

以上情形的文学"新变",或拘忌于声律病犯,或炫博于用事之多,都偏离了诗歌写作正道,破坏了诗歌文体的内在统一,因此批评者都通过强调诗体的基本特征如"吟咏情性""自然英旨""清浊通流""口吻调利"等以匡正纠偏。如果说前述第一种情形中的萧统、萧绎的文学"新变"观主要体现为对文体类型自然分化的客观总结,那么后两种所谓"新变"则主要反映了部分作者的主观偏好与文体基本规范之间的冲突。作为自然分化形成的新的文体类型,由于仍然保持了文体自身的完整性(如情、采、韵兼备),因此论者整体上是予以肯定的;而作为主观偏好的表达技巧和语言形式层面的求新求异,则因背离了文体的基本规范,破坏了文体的完整统一,自然会引发论者的不满和批评。

---

① [南朝梁]钟嵘著,王叔岷笺证:《钟嵘诗品笺证稿》,中华书局2007年版,第93—97页。

第三节 ⋮
以经典"体要"驭新变"奇辞" ⋮

在刘勰看来,"变"是贯穿古今文章写作的普遍现象,而着眼于文章写作古今之"变"的梳理、分析、评价和总结,则是贯穿于《文心雕龙》全书的一项基本内容。如"文之枢纽"部分有"楚骚"相对于"五经"之变,"论文叙笔"各篇的主要篇幅即是对不同文体之变的历史考察("原始以表末"),"剖情析采"各篇也在论述一般创作方法时融入了历史视角,其中《通变》《风骨》《情采》等篇,包含了对文章写作之变的基本原则和方法的总结,其后的《时序》《物色》两篇则进一步从社会和自然两个角度揭示了文章之变的规律和动因。

在《文心雕龙・序志》篇,刘勰集中指出了南朝文学"新变"中存在的主要问题,表明了他对这一文学"新变"问题的基本态度。刘勰认为近代文学"新变"中出现的言辞浮诡、讹滥的不良倾向,直接导致了"文体解散"的严重后果,而要恢复文体的完整统一,就必须通过加强"体要"以防止浮诡、讹滥之奇辞的产生。如何通过"体要"防范"奇辞"?

刘勰在《文心雕龙》不同篇目中提出了多个方案，大体可以概括为下面几个层次和类型：其一是在"情—辞""意—辞"或"义—词"等二分式文体内在结构框架中，强调以"性情""情理"作为"文辞""文采"之本，以克服"采滥"之弊。此方案以《情采》篇所论最为集中深入。其二是通过严辨和谨守不同文体的基本规范以控制"奇辞"。这一方案集中见于《定势》篇。其三是要求学习"经典之范"与"子史之术"，分别从文体规范和文辞之变两端制约文章中的"新变"因素。这一方案见于《风骨》篇。综合《序志》《情采》《定势》《风骨》诸篇所论，刘勰的文学"新变"观体现出三个鲜明特征：

第一，如何应对文学发展中的"新变"趋势和不良倾向，是刘勰搦笔和翰以论文的一个根本任务，也是贯穿《文心雕龙》全书的一个理论主题，书中大多数篇目都或直接或间接、或集中或随机地论及这一问题。第二，刘勰对文学"新变"有接受有防范，而防范之意更为突出；刘勰的防范既针对"新意"也针对"奇辞"，但重点是针对"奇辞"所导致的淫丽、浮诡、采滥等文体之弊。第三，刘勰规范"奇辞"、杜绝"淫丽"、防止"采滥"的方式有层次之分，或着眼于文体内部的情采统一，或重视文类文体的规范制约，或强调经典文体的正本清源。但是，无论是从刘勰对"择源于泾渭之流，按辔于邪正之路"(《情采》)、"旧练之才，执正驭奇"

(《定势》)、"镕铸经典之范，翔集子史之术"(《风骨》) 的要求中，还是从刘勰对"远弃风雅，近师辞赋"(《情采》)、"厌黩旧式，穿凿取新"(《定势》)、"跨略旧规，驰骛新作"(《风骨》) 的批评中，都可看出刘勰对来自历史传统的文体规范的珍视和倚重。这些源自经典、成于历史、化为传统的文体规范，堪称刘勰应对文学新变的"定海神针"。

据此，就可以比较清晰地标画出刘勰文学"新变"观的两端：一端是易生流弊的文辞之变，另一端是源自传统的文体规范。如何处理这"两端"之间的关系，也成为其"通变"论的主旨和主线。

第四节 ⋮
化"讹变"为"通变" ⋮

在刘勰看来，近代以来的文章之"变"，在辞人"爱奇""适俗"心理的驱使下，已经"新"得过度，"奇"得过头，滑向了"浮诡"和"讹滥"，导致了"文体解散"。这意味着刘勰所面对的文坛现实问题不是缺少"变"，而是已经"变"得颇为过分，这种过度的"变"已不再是文学发展的动力，反而导致很多文章写作陷入了困境。因此，刘勰在《通变》篇的主要任务就不再是正面论述"变"和提倡"变"，而是要规范"变"和节制"变"。正是这一现实问题与主要任务从根本上决定了《通变》篇论述文章之"变"的基本思路：

> 夫设文之体有常，变文之数无方，何以明其然耶？凡诗赋书记，名理相因，此有常之体也；文辞气力，通变则久，此无方之数也。名理有常，体必资于故实；通变无方，数必酌于新声；故能骋无穷之路，饮不竭之源。然绠短者衔渴，足疲者辍涂，

非文理之数尽，乃通变之术疏耳。故论文之方，譬
诸草木，根干丽土而同性，臭味晞阳而异品矣。①

　　一方面，刘勰将文章之"变"主要定位在"文辞气力"
层面。其中"文辞"就文章结构中的变化因素言，"气力"
就作者主观能力中的变化因素言，"气力"推动着"文辞"
之变。这既是刘勰对当时文学"新变"主要倾向的总结，也
反映了刘勰对文章写作中主要可变因素的认识。从表面上看，
刘勰的表述似乎把"文意"排除在可变因素之外，但从前引
《风骨》篇的论述来看，刘勰其实也肯定过文章写作可以有
"新意"，既要求"辞奇而不黩"，也要求"意新而不乱"。此
处不提"文意"之变而只论"文辞"之变，应该是刘勰在针
砭文学"新变"之弊时所采取的一种有主有次、有重有轻的
现实策略。另一方面，刘勰将文章写作中对"有常之体"（如
"诗赋书记"）的"名理相因"，确立为"文辞气力"之变的
一个重要前提条件，以"有常之体"规范"无方之数"，以
"故实"约束"新声"，以"不变"支撑"变化"，从而将"常"
与"变"、"故"与"新"结合成一个类似草木根干与花果关
系的有机整体，将单向度的文学"新变"观转化为内在辩证

---

① ［南朝梁］刘勰著，范文澜注：《文心雕龙注》，人民文学出版社1958年版，第
519页。

统一的文学"通变"观。

　　刘勰关于"有常之体"的论述非常丰富:《文心雕龙》"论文叙笔"20 篇所论皆为"有常之体","剖情析采"部分（从《神思》到《总术》）的《定势》篇也是"有常之体"之专论。其中《明诗》至《书记》20 篇中的"敷理以举统"一节乃是对各种"有常之体"特征的概要,更清楚地昭示了各"有常之体"的内在整体结构及其对各类文章写作的规范意义,且皆着眼于构成各体的"义"与"词"或"情"与"文"。这两个基本要素的统一,实质上体现了对此体文章写作的整体要求。规范性与整体性统一的"有常之体",成为各体文章发展新变中相对稳定的因素,文章之"变"因此不会成为无本之木,无源之水。

　　刘勰在《通变》篇首段初步展开的文学"通变"论就表现出与传统"通变"论的明显差异:传统"通变"论的重点在"变",且笼统地就事物整体而言;但刘勰"通变"论所涉及的对象——文章写作,并非一个笼统、单一的整体,而是一个内在矛盾关系已经充分展开的整体,是一个由传统文体规范与作者个人创新等对立因素构成的矛盾统一体。因此,刘勰所说的"通变"就不再是指单纯的文章之"变",而是实际包含了"常"与"变"的对立统一。甚至为了克服文章之"变"产生的弊端,刘勰更突出了"有常之体"之"相因"在文学"通变"中的重要性。由《通变》篇首段也可看出,刘勰文学"通变"论的整体理论内涵实际上已经超出了传统"通变"概念的语义范围。因刘勰在初步呈现其文学"通变"论整体思路和框架的同时，还没来得及完成对传统"通变"概念意义结构的改造和语义范围的扩展，所以在《通变》篇首段的"通变"论中尚存在着实大于名、名不副实的阶段性矛盾。而这一矛盾也是在《通变》篇研究中引起诸多争议的一个直接原因。

第五节 •
•
"通变"论的主旨与主线 •

明白了刘勰"通变"论的主要目的是要以具有规范性和整体性的"有常之体",克服因"文辞气力"过度"新变"而导致的"浮诡""淫丽""采滥"之弊,《通变》篇第二段以下具体论述中的文理也就豁然贯通了。先看第二段论述。综观此段文理,首句"是以九代咏歌,志合文则"为一段总领,其中"志合"与"文则"又各有所指。刘勰认为,自黄帝至南朝宋初的文章,可分为两个不同阶段。第一阶段为黄帝至商周的"咏歌"之变,尽管其变化趋势是由质渐文,由文而缛,又由缛而丽,但总的来看,"序志述时,其揆一也",即都合乎"有常之体"的"名理"。第二阶段为楚汉文章至南朝宋初文章之变。这一阶段的文章写作出现了"竞今疏古"的倾向,"暨楚之骚文,矩式周人;汉之赋颂,影写楚世;魏之策制,顾慕汉风;晋之辞章,瞻望魏采"。尽管其中每一时代的作者也向前人学习,可是主要模仿对象都是最近那个时代("今")的文章,因追求文辞之变(即所谓"文则")而疏远了商周以前的经典文章,其结果是出现了从"楚汉侈而艳"到"魏晋浅而绮"再到"宋初讹而新"的"风味气衰"倾向。刘勰通过一正一反两个阶段的对比，强调后世文章写作不能满足于模仿近世之文，而应取法于更早乃至商周以前的典范作品，因为后者更有资格作为文学通变中的"有常之体"。

再看第二段的文理。刘勰认为，当今才士学文也存在类似"竞今疏古"的"近附而远疏"的现象，其具体表现是"多略汉篇，师范宋集"。刘勰的意思很明显，他认为正确做法应该是"师范汉篇"而"多略宋集"。尽管刘勰认为楚骚汉赋开启了繁缛、艳丽的文学倾向，但汉代文章毕竟去圣未远，遗泽多有，相对近代文章的"浅而绮""讹而新"，其丽未淫，其采未滥，整体上是值得取法的。另外，与以五经、诸子、史传为主的先秦之文相比，汉代"文章"外延明显扩大，诸多单篇文章之体如章、表、奏、议、书、论等，都是在这一历史阶段发展成熟，作者日繁，佳作琳琅，成为后世此类文体写作的典范。刘勰在《文心雕龙》全书中有关汉篇的丰富论述，表明汉代文体在其心目中居于一个比较特殊的位置：对六朝文士来说，汉篇虽不及古典之源，却是距经典最近之流；文体分化成熟的汉篇所奠定的"有常之体"较混沌初开的经典之体，显然更方便为当时文士所习。

通观此段整体论述还会发现，刘勰实际上认为"有常之体"可以分为"经诰"与"汉篇"两个层次。这两个层次的

"有常之体"，一为理想之高标，一为现实之取径，是理想"有常之体"与现实"有常之体"的辩证统一，"汉篇"也因此构成了今人文章远绍经典文体的历史中介。这再次表明，刘勰文学"通变"论的重点不在"变"本身，而在以"有常之体"规范"变"的性质和方向；同时也再次印证，刘勰文学"通变"观乃是其以正驭奇、以质济文、以雅济俗的基本文学观在文学发展问题上的具体表现。

下面一段（第三段）即以汉代辞赋为例，具体说明汉篇中"有常之体"的前后相因。这段文字从举例到论述，其重点都在说明汉赋中"夸张声貌"的手法从汉初到东汉是"循环相因"的。中间所举五家"夸张声貌"辞例，不仅文意相同，文辞与物象也大相类似。从一般文章写作要求来看，这种辞、象、意前后相袭的做法似乎并不值得称道，更不值得举以为范例。但如前所论，刘勰论述文学"通变"不是为了推动"变"（"通变无方"的"文辞气力"），而是为了学习"常"（"名理相因"的"有常之体"）。在这段之前，刘勰已从一般原理和历史发展两个层面论证且验证了"有常之体"之"相因"在文学"通变"中的重要意义，明确了今人应学的"有常之体"可分为理想性的"经诰"之体与现实性的"汉篇"之体这两个层次。此段论述紧承其后，即是要为已在上文被确立为"有常之体"的"汉篇"举一例证，向今天的学文之士明示"汉篇"在"夸张声貌"这一点上是如何做到"名理相因"的。故此，段中举例强调"广寓极状，五家如一"，论理强调"循环相因""莫不相循"，设喻强调"虽轩翥出辙，而终入笼内"。

在《通变》篇中，刘勰所言"循环相因"者非他，皆指作为文章写作规范的"有常之体"。其首段所言"凡诗赋书记，名理相因，此有常之体也"，明言"相因"的对象是"诗赋书记"之"名理"，而非"变数无方"的"文辞"；其后所言"夫夸张声貌，则汉初已极。自兹厥后，循环相因，虽轩翥出辙，而终入笼内"，乃是举一例以代"汉篇"，其"循环相因"者也是指汉代辞赋中一脉相承的写作范型——"夸张声貌"本是汉代赋体的一个基本特征。如刘永济先生所释："至举后世文例相循者五家，正示人以通变之术，非教人模拟古人之文也。"[1] 刘勰对此五家"夸张声貌"之语皆是作为"文例"加以引用的，并非仅仅在一般文辞层面措意。"文辞气力"自当求其变化，"有常之体"则应重在"相因"，此亦为文之通例，作者之通识。

[1]　刘永济:《文心雕龙校释》(上)，中华书局 2007 年版，第 101 页。

在《通变》篇已经展开的多层次论述中，刘勰文学"通变"论的基本用意和思路应该说是很清晰的：一方面沿用"通变"一词以"变"为主的传统，认为文章写作中需要"通变"的因素主要是文章层面的"文辞"和作者层面的"气力"；另一方面为防止作者过分"好奇"所导致的浮诡、采滥之弊，又强调在"通变"中要重视对历史传统中形成的"诗赋书记"等"有常之体"的学习和因循——这一方面也在事实上构成了《通变》篇的论述重点。刘勰的这种立意和思路使得《通变》篇开始的理论表述中存在着"通变"之"名"与"通变"之"实"错位的阶段性矛盾，即"通变"一词本来含有的对"变"的侧重与刘勰"通变"论实际上对"常""变"统一、"因""革"相参的强调，构成了一种近乎"名不副实"的关系。但是，从《通变》篇的整个论理过程来看，刘勰在"通变"之名下对"有常之体"与"文辞气力"、"名理相因"与"通变无方"、"因"与"革"、"质"与"文"、"雅"与"俗"等对立因素间相互统一关系的反复强调和论述，反过来也对"通变"一词的传统"一元"意义结构（以"变"为主，"通"为"变"的效果）产生了越来越大的反作用力，并最终在此篇的结尾一段，同时从形式结构与内涵意义两个层面突破了"通变"一词原有的一元结构，使刘勰的文学"通变"论实现了"名实相副"。

刘勰以"是以规略文统，宜宏大体"为《通变》篇第四段的首起句，表明此段仍然延续了《通变》全篇对"有常之体"之"名理相因"的重视。接下来的"先博览以精阅，总纲纪而摄契"，进一步指明了掌握"文统"与"大体"的基本途径。"然后拓衢路"至"乃颖脱之文矣"一气而下，乃是描述具体写作中如何以"文统"和"大体"规范引导"文辞气力"之"变"的过程及其结果。刘勰认为，只有以"文体"与"大体"作为文章写作的"纲纪"，才能为文章写作开辟广阔的道路，掌握文章创新变化的关键要领，就像骑马行路，如能张弛有度地控制好缰绳与辔头，便可从容有节地沿着通衢大道行驶下去。

在这里，《通变》篇第一次出现了"通"与"变"分用的情形。其中"负气以适变"一句显然还是在首段"文辞气力，通变则久"意义上说的，但是"凭情以会通"一句的"会通"一词却一改前文双音节词"通变"中的"通"一词表意含糊的状态，被赋予了有别于"变"的明确内涵。参照《定势》篇"因情立体，即体成势"的说法，刘勰所说的

"凭情以会通"的对象应当是"因情"而立的"常体"和"大体";而所谓"会通",参照《体性》篇的"八体虽殊,会通合数,得其环中,则辐辏相成"及《物色》篇的"古来辞人,异代接武,莫不参伍以相变,因革以为功,物色尽而情有余者,晓会通也"两例中"会通"一词的用法,应当理解为在以自己之情理解古人之情的基础上,将古人所确立的"文统"和"大体"与自己的文章写作融合贯通起来。至此,《通变》篇文首提出的"相因—通变"相对的概念关系就自然转换为《通变》篇文末形成的"会通—适变"相对的概念关系。"会通—适变"相对的概念关系较《通变》文中出现过的"斯斟酌乎质文之间,而櫽栝乎雅俗之际,可与言通变矣"及"参伍因革,通变之数也"两种笼统的说法,同时在概念的形式和意义层面扩展了"通变"一词的原有用法,使"通"由原指事"变"的目的与效果,转而指向文"变"的基础与前提(即"有常之体"),刘勰的"通变"论也由此完成了从"名不副实"到"名实相副"的逻辑历程。

在《通变》篇之"赞"中,刘勰通过调整《周易》"通变"论中的一个经典表述,更明确地体现了他对"通变"一词的创造性使用:"赞曰:文律运周,日新其业。变则可久,通则不乏。趋时必果,乘机无怯。望今制奇,参古定法。"与"变则可久,通则不乏"对应的《周易》原文是"易,穷则变,变则通,通则久"。在原句中,"通"是"变"的结果,

"久"是"通"的结果，"变"—"通"—"久"构成了一个前因后果的线性关系。但是经刘勰调整后，"变"是指"望今制奇"，"通"是指"参古定法"；"变"的结果是"可久"，"通"的结果是"不乏"；"可久"指向未来（与首段"骋无穷之路"呼应），"不乏"源自传统（与首段"饮不竭之源"呼应），而且"通则不乏"又成为"变则可久"的前提条件。

就这样，"相因—通变"相对转换成了"会通—适变"相对，"变则通，通则久"调整成了"变则可久，通则不乏"。这两处表述形式的改变，标志着刘勰将《周易》"变而通之"意义上的一般"通变"论，转化成了《通变》篇"通而变之"（或曰"会通适变"）意义上的文学"通变"论，完成了《文心雕龙》文学"通变"论的独特建构。

## 研讨专题

1.《周易》"通变"论有哪些具体含义？"变而通之"与"通其变"有何区别？

2. 南朝文学新变有哪两种主要倾向？各有什么特点？刘勰文学"通变"论主要针对哪一种文学新变？他通过什么方式解决了文体演变中出现的"讹而新"的问题？

3. 如何从文章写作实际来理解刘勰所说"有常之体"与"文辞气力"之间的关系？刘勰文学"通变"论的重点是什么？刘勰的文学"通变"论是如何围绕这一关系展开的？

4.如何根据刘勰文学"通变"论的整体思路,理解其所举汉赋中"夸张声貌"的5个例子?如何理解刘勰在《通变》篇多次提到的"循环""相因"?

5.刘勰是如何根据他所讨论的"有常之体"的相因与"文辞气力"的变化这对矛盾关系,将《周易》"变而通之"说转化为"会通适变"说的?

## 拓展研读

1.刘文忠:《正变·通变·新变》,百花洲文艺出版社2017年版。

2.蔡宗齐:《汉魏晋五言诗的演变》,陈婧译,北京大学出版社2015年版。

3.葛晓音:《杜诗艺术与辨体》,北京大学出版社2018年版。

4.[美]托·斯·艾略特:《传统与个人才能:艾略特文集·论文》,卞之琳、李赋宁等译,上海译文出版社2012年版。

5.[苏]巴赫金:《文艺学中的形式主义方法》,李辉凡、张捷译,漓江出版社1989年版。

6.[法]托多罗夫:《巴赫金、对话理论及其他》,蒋子华、张萍译,百花文艺出版社2001年版。

# 第五章

*/Chapter 5/*

# 诗体与风骨

· · · · · · · ·

刘勰"风骨"说、钟嵘"风力—骨气"说和陈子昂"风骨"说是中国古代"风骨"论的 3 个著名个案。从通论"文笔"到专论诗体，"风骨"说的内涵变化体现了从六朝到唐初文体观念的发展。作为一种譬喻性概念，"风骨""风力""骨气"的具体内涵须在具体文论语境和文体结构观念中才可确定。因为"骨"原本在生命整体结构中既内又外的特殊位置，使之既可譬喻文意也可譬喻文辞，所以"风骨"概念也就有了多种喻义。刘勰针对南朝文坛普遍存在的"采滥忽真""文体解散"之弊，将理想的文体结构分为"风""骨""采"三层：一方面以"风"规定"文意"，喻骏爽感人之情，以防"忽真"；另一方面再分"文辞"为"骨""采"两层，"骨"喻端直之言，作为"采"之本体，以防"采滥"。钟嵘《诗品》则专评不同作者五言诗体的优劣高下，由此形成与刘勰"风骨"说的两点差异：一是将诗体内容分为两层，即作为五言诗体一般内容的"风力"（动人之情）和作者独特生命精神的"骨气"（人格志气）；二是以"丹采"（"词采"）概指诗中之词，而不似《风骨》篇再分文辞为"骨"和"采"。陈子昂《修竹篇序》中的"风骨"尽管与刘勰所说"风骨"字面相同，其内涵却相当于钟嵘"风力"与"骨气"两个概念的统一。在钟嵘"风力"说的基础上，陈子昂"风骨"说将曾被钟嵘视为少数天才诗体品质的"骨气"与作为一般优秀诗体品质的"风力"并于一维，合为一体，共同作为优秀诗体的基本要求，为唐代诗歌创作建立了一个更高的诗体观念平台。

第一节
刘勰的"风骨"论

"诗总六义，风冠其首，斯乃化感之本源，志气之符契
也。"刘勰在《风骨》篇之首将"风诗"之"风"转换为"风
情"之"风"，认为"风"以"志气"为本，又是"化感"之
源。"是以怊怅述情，必始乎风，沉吟铺辞，莫先于骨。"意
为在文章写作过程中，"风""骨"分别是抒情和措辞的内在
要求和基础。"故辞之待骨，如体之树骸，情之含风，犹形
之包气。"①这组取象于生命的譬喻进一步强调："骨"为"辞"
之内在坚实的部分，如同"骸"为人体之内在坚实的部分，
"风"为"情"之内部最有活力的部分，正如"气"为"形"
之内部最有活力的部分。接下来的"结言端直，则文骨成焉；
意气骏爽，则文风清焉"一句，进一步明确了"风""骨"
的具体所指和基本特征："结言端直"才能形成"文骨"，可
知文中之"骨"即为端直之言；"意气骏爽"才能形成"文

---

① ［南朝梁］刘勰著，范文澜注：《文心雕龙注》，人民文学出版社 1958 年版，第
513 页。

风",可知文中之"风"实乃"骏爽"之情。"端直"之言即端庄、清晰、精练的文辞,"骏爽"之情即畅快、明朗、有力的情感。

刘勰随后分别以"笔"类的"诏策体"文章即潘勖的《册魏公九锡文》和"文"类的"辞赋体"文章即司马相如的《大人赋》作为有"骨"之文与有"风"之文的典范,其中也暗含着刘勰对"风""骨"两种文体内质与"文""笔"两类文体关系的认识,即辞中之"骨"在"笔"类文体中体现得更为突出,情中之"风"则在"文"类文体中表现得尤为鲜明。刘勰有意选择了差异鲜明的两篇文章,旨在突出"风"与"骨"的各自特征。至于"风骨"兼美的文体,《风骨》篇并未举例,但《哀吊》篇所评的潘岳的哀体文差可胜任:"观其虑善辞变,情洞悲苦,叙事如传;结言摹《诗》,促节四言,鲜有缓句;故能义直而文婉,体旧而趣新,《金鹿》《泽兰》,莫之或继也。"[①]

文章有了"风骨",就如同生命有了充沛旺盛的精神和结实端正的骨架,但对于一个完整美好的生命来说,仅有此二者还不够,还需要健康美丽的肌肤和恰当精致的修饰。刘勰把文章整体中与此对应的层次称为"采"。在他看来,"采

---

① [南朝梁]刘勰著,范文澜注:《文心雕龙注》,人民文学出版社1958年版,第240页。

乏风骨"的"翟翟"式文体和"风骨乏采"的"鹰隼"式文体都是有欠缺的，只有"风清骨峻，篇体光华"即"风骨"与"采"兼备的"鸣凤"式文体才称得上完美。至此，刘勰在前述几种譬喻文体结构的生命结构之外，又增加了"鸣凤"这一完整而理想的生命类型。

通过比较《文心雕龙》中不同类型的文体结构，还可发现《风骨》篇中"鸣凤"形象所譬喻的文体结构的特殊性。尽管文章整体观在《文心雕龙》中一以贯之，但刘勰在具体表达其文章整体观时，却根据需要描述了多种文体结构模式。其一为通贯全书的、最为常见的"情—辞"二分式文体结构，这是《文心雕龙》和六朝文论中最基本的文体结构模式。其二为《宗经》篇"体有六义"说中所含的由情、风、事、义、体、辞构成的"六分式"文体结构，这一结构实际上又可合并为"情风—事义—体辞"三分式结构。较之"情—辞"二分式文体结构，三分式文体结构把作为文章题材的"事义"独立出来与"情"并列，表明刘勰对文体内容层次的认识更为具体。其三为《附会》篇所描述的由"情志（神明）—事义（骨髓）—辞采（肌肤）—宫商（声气）"4 个层次构成的四分式文体结构。较之三分式文体结构，四分式文体结构又将文辞中的声律因素即"宫商"独立出来并与之并列，从而实现了对文体结构中的 2 个基本层次（"情"与"辞"）的再次二分。其四就是《风骨》篇中建构的这种较为特殊的文体结构。根据刘勰的描述和分析，这一文体结构可直接称为"风骨—采"二分模式。表面看来，这一模式与第一种"情—辞"二分模式很接近，但细审之下就会看出差异：在"风骨—采"二分式结构中，"风骨"并不限于"情"，而是"情""辞"兼含，分别指"骏爽"之情和"端直"之辞；"采"虽全部属于辞，但又不能包含一篇文章中所有之"辞"，而是专指外饰性最强的那一层"辞"，至于"腴辞"或"肥辞"也不应在"采"之内。因此，如果比照"情—辞"这一基本文体结构模式，"风骨—采"式二分结构就应该调整为"风—骨采"的形式。

"骨"一词在《文心雕龙》中确实可以被用来譬喻文体结构中不同层次的要素。在《风骨》篇中，"骨"一词显然与"辞"直接相关，属于"文辞"范畴。但在《辨骚》篇的"观其骨鲠所树，肌肤所附，虽取镕经旨，亦自铸伟辞"一句中，"骨鲠"和"肌肤"二喻分别对应的本体又显然是"经旨"和"伟辞"，而"骨鲠"所喻也自然就是内容层面的"经旨"。在《体性》篇的"辞为肤根，志实骨髓"一句中，以"骨髓"喻"志"之意更为明确。再如《附会》篇有"事义为骨髓"之说，毫无疑问即是以"骨髓"譬喻"事义"。

如何理解《文心雕龙》中"骨"一词的这些明显有异的喻义？倘若能够追本溯源，留意到"骨"在人之生命整体中的特殊位置，再由此观照"骨"之所喻在文体结构中的层次，并不难发现上述异义间的内在关联。就其本义看，"骨"在生命整体中实际上处在一个比较特殊的结构层次：一方面相对于最内在的情志、神明和精神，"骨"与肌肤一样都属于外在结构；而另一方面相对于更为外在的肌肉、皮肤甚至冠冕，"骨"又处于比较内在的结构层次。因此，当刘勰以"骨髓"（或"骨鲠"）与"肌肤"组成的二分式结构譬喻文章的整体结构时，"骨髓"或"骨鲠"即直接譬喻文章中最内在的"情志"；而当刘勰以"神明"、"骨髓"和"肌肤"三分式生命结构譬喻文章整体结构时，则"骨髓"的喻义既可指向文意中相对外在的层次——"事义"，也可指向文辞中相对内在的层次——"辞之端直者"。由此可知，理解上述三种看似矛盾的"骨"之喻义间关系的关键，是要充分注意"骨"这个喻象与其喻义在具体概念关系中的相对性和灵活性，而不能对之做静止的、片面的理解。认识到"骨"一词的表意特点，对理解钟嵘《诗品》中"风力"与"骨气"的关系、陈子昂《修竹篇序》中"风骨"概念的内涵将会很有帮助，甚至可以说非常关键。

准确把握刘勰"风骨"概念的具体所指和内涵，还需恰当理解"风骨"概念与《风骨》篇中除"情辞"之外的其他一些概念的关系，厘清它们之间的联系和区别，尤其要避免在解释"风骨"概念含义时将"风骨"概念与其他概念相互混淆，相互替代。首先，要恰当理解"风骨"与

"骏爽"、"端直"、"清"、"峻"、"遒"等概念的关系。其中"风"和"骨"譬喻文章中两种实体性因素，而"骏爽""端直""清""峻""遒"等则属于"风骨"的特征，是对"风骨"及其所譬喻之本体的具体形容和规定。一些研究者之所以将"风骨"理解为"风格"或"风貌"，一个直接原因就是把"风骨"的这些特征当成了"风骨"本身。

其次，要恰当理解"风骨"与"气"之间的关系。"风骨"与"气"关系非常密切，清黄叔琳认为"气是风骨之本"，而纪昀却视二者为一物，认为"气即风骨，更无本末"[①]。黄叔琳之评既反映了"气"与"风骨"的相通之处，又点明了"气"与"风骨"的区别，显得更为精确。正如"风骨"与其具体特征不在同一层次，"风骨"与"气"也不在同一层次："气"隐而"风骨"显，"气"虚而"风骨"实，"风骨"是"气"在文体中的具体表现。

最后，要恰当理解"风骨"与"力"之间的关系。"风骨"有刚健之"力"，但"风骨"不等于"力"；"风骨"是文体构成因素，"力"则是"风骨"这种文体因素的作用。不过，由于人们往往是通过"风骨"之"力"（即令读者感发、激动或受到震撼等）而感受到文章中"风骨"的存在的，

① ［南朝梁］刘勰著，［清］纪晓岚评：《纪晓岚评文心雕龙》，江苏广陵古籍刻印社1997年版，第262页。

所以就很容易产生一种心理印象，觉得"力"就是"风骨"，"风骨"就是"力"。这也应该是不少研究者将"风骨"理解为一种"艺术感染力"和"艺术表现力"的原因。由此也可知，像这样在感受层面将作为本体的"风骨"与本体的作用"力"合为一体是有其心理基础的。而在实际上，"风力"合成一词早已在人物品评中出现，刘勰同时代的钟嵘也已在《诗品》中用"风力"评诗。

根据上述辨析，可以对刘勰"风骨"概念的内涵做一个比较综合的说明："风""骨"分别指文章（文体）中以主体之气为根源、具有刚健之力的"骏爽"之情和"端直"之辞。"风骨"是理想文体的内在基本构成要素，而理想文体还应该是"风骨"与"采"的结合。《风骨》篇的这种"风骨—采"式文体结构，一方面对"情"和"辞"做了更立体的细分，另一方面在细分中又表现了明显的价值倾向，对当时文坛普遍存在的"采滥忽真""文体解散"之弊有更明确的针砭作用。

第二节
钟嵘的"风骨"说

　　钟嵘与刘勰是同一时代的文学批评家，二者分享了流行于六朝文论和文评中的二分式文体结构观。在《文心雕龙》中，这种二分式文体结构观具体表现为"情—辞"、"言—意"或"词—义"等二分模式。在《诗品》中，也有近乎同样的二分式文体结构。如谓"若专用比兴，患在意深，意深则词踬"（《诗品序》）；"言在耳目之内，情寄八荒之表"（上品"阮籍"条）；"词密于范，意浅于江"（中品"沈约"条）；"词藻意深"（下品"齐高帝"条）；等等。[1]但钟嵘似乎更喜欢用"文—意"二分模式品评诗作，如曰"夫四言，文约意广，取效《风》《骚》，便可多得。每苦文繁而意少，故世罕习焉"（《诗品序》），"文温以丽，意悲而远"（上品"古诗"条），等等。

　　较之一般性的"言"和"词"，"文"一词显然含有更鲜

---

① 　本文引钟嵘《诗品》语均出自［南朝梁］钟嵘著，曹旭集注：《诗品集注》（增订本），上海古籍出版社 2011 年版。

明的藻饰意味，而这一选择又与钟嵘对五言诗体之"词"的一个基本观点密切相关。钟嵘虽然在诗歌创作机制上崇尚"天才""自然""即目""直寻""直致"等，在诗歌文体层面上也欣赏"清刚""清捷""清远""清拔""清靡""清雅""清便""清怨""清上""清润"之美，并反对因雕镂过甚所致的"繁密""繁芜""细密""华艳""妍冶"等倾向，但总的来看，他对五言诗体之"词"的评价标准还是与时代的主流喜好相统一的，即重视文采之美。这一标准和趣味在《诗品序》中是作为批评纲领被确立下来的，即所谓"干之以风力，润之以丹彩"①。在具体品评中又得到充分体现，如曰："文温以丽，意悲而远。"（上品"古诗"条）"辞旨清捷，怨深文绮。"（上品"班婕妤"条）"骨气奇高，词彩华茂，情兼雅怨，体被文质。"（上品"曹植"条）"气过其文，雕润恨少。"（上品"刘桢"条）"才高词赡，举体华美。"（上品"陆机"条）《翰林》叹其翩翩奕奕，如翔禽之有羽毛，衣被之有绡縠。"（上品"潘岳"条）"宪章潘岳，文体相晖，彪炳可玩。"（中品"郭璞"条）"新歌百许篇，率皆鄙直如偶语。唯'西北有浮云'十余首，殊美赡可玩，始见其工矣。"（中品"曹丕"条）"体裁绮密，然情喻渊深。"（中品"颜延之"条）

---

① ［南朝梁］钟嵘著，曹旭集注：《诗品集注》（增订本），上海古籍出版社 2011 年版，第 47 页。

"虽文不至，其工丽，亦一时之选也。"（中品"沈约"条）
"德璋生于封溪，而文为雕饰，青于蓝矣。"（下品"孔稚珪"
条）钟嵘不仅从"上品"至"下品"始终一贯地肯定文词之
"华茂""华美""美赡""华靡""绮密""工丽""雕饰"等，
而且对文采不足的"平淡""鄙质"之诗表示不满。把握住
了钟嵘五言诗体观中的这一标准和趣味，也就不难理解，为
什么尽管他对陶潜诗体与"人德"的高度统一叹赏有加，但
仍然置其诗于"中品"。

当钟嵘对五言诗体之"词"确立了一个较一般文体更高
的标准，径以意指华美之词的"丹彩"概称五言诗体之词时，
也相应地对五言诗体之"意"确立了更高的标准。一方面，
钟嵘在具体品评中一再强调诗"意"的深度。如称"古诗"
的"意悲而远"，赞班婕妤诗"怨深文绮"，夸应璩诗"雅
意深笃"，赏颜延之诗"情喻渊深"，等等。在各种类型的
诗"意"和诗"情"中，钟嵘更青睐"怨"情。如《诗品序》
引孔子语《诗》可以群，可以怨"为其评诗张目，又评李
陵诗"文多凄怆，怨者之流"，评王粲诗"发愀怆之词"，评
阮籍诗"颇多感慨之词"，评左思诗"文典以怨"，评秦嘉和
其妻徐淑诗"士会夫妻事既可伤，文亦凄怨"，评刘琨诗"多
感恨之词"，评沈约诗"长于清怨"，评曹操诗"甚有悲凉之
句"，评毛伯成诗"亦多惆怅"，等等。从诗体内部结构来看，
"怨"情较一般平和之情、喜悦之情更能显示生命情感的深

度和力度，更能体现诗人在困境中所激发出来的情感内涵和精神力量。

另一方面，钟嵘在品评中又着意拓展了诗"意"的广度。在《诗品》中，作为五言诗体一般内容的"意"即五言诗中普遍表达的"情性"，钟嵘以"风力"喻之；而最能够体现诗人特殊生命内涵和力量的"意"即体现于部分优秀诗作中的人格志气，钟嵘以"骨气"（或"气"）喻之。"风力"一词在《诗品》中出现了3次。《诗品序》第一处涉及钟嵘对优秀五言诗体的认识："故诗有六义焉：一曰兴，二曰比，三曰赋。文已尽而意有余，兴也；因物喻志，比也；直书其事，寓言写物，赋也。弘斯三义，酌而用之，干之以风力，润之以丹彩，使咏之者无极，闻之者动心，是诗之至也。若专用比兴，则患在意深，意深则词踬。若但用赋体，则患在意浮，意浮则文散，嬉成流移，文无止泊，有芜漫之累矣。"①这段话从开头至"寓言写物，赋也"为第一层，说明"兴、比、赋"三种诗歌创作方法的各自特征。"弘斯三义"至"是诗之至也"为第二层，说明"三义"使用恰当会产生的结果和作用。"若专用比兴"至"有芜漫之累矣"为第三层，说明"三义"使用不当会产生的结果。通过对比可以看出，钟

---

① ［南朝梁］钟嵘著，曹旭集注：《诗品集注》（增订本），上海古籍出版社2011年版，第47—53页。

嵘对优秀五言诗体特征的描述——"干之以风力，润之以丹彩"①与他对两种有欠缺的五言诗体的描述——"意深则词踬"和"意浮则文散"，都以二分式文体结构为基础，其中"风力"与"意"同类，属于文体结构的内在层次，"丹采"与"词"（或"文"）同类，属于文体结构的外在层次。作为"风力"之"意"不能过"深"，更不能过"浮"，而应该恰到好处；作为"丹采"之"词"不可失之"踬"，更不可失之"芜"，而应该润饰有度。

在第二处关于"建安风力"的品评中，"建安风力"的特征一方面通过与"平典"正反对比得以体现，另一方面通过对建安诗作的具体评价得以体现。如评曹操诗"甚有悲凉之句"，评曹植诗"情兼雅怨"，评王粲诗"发愀怆之词"，等等。尽管这几家诗作的词采各有短长，但共同点是皆富有情感，有情感就会有"风力"。第三处中的"左思风力"兼评左思诗和陶潜诗。钟嵘认为陶潜诗与应璩和左思两位前代诗人都有渊源。他评应璩诗谓"善为古语，指事殷勤，雅意深笃，得诗人激刺之旨"，评左思诗谓"文典以怨，颇为清切，得讽谕之致"，评陶潜诗谓"笃意真古，辞兴婉惬"，其间相通之处在于三人之诗都远接风雅，有讽谕，善寄托，情致真

---

① "丹彩"，钟嵘《诗品》作"丹彩"，刘勰《文心雕龙》作"丹采"，为便于论述，本书统一作"丹采"，后不赘注。

挚，意兴深婉，故能感人而至于深远。由此也可见，《诗品》中的"风力"一词与《文心雕龙·风骨》篇中的"风"一词相当，都属于"情—辞"二分式文体结构中的"情"（"意"）这一层次，是一种具有较强感染力的动人之情。

如果说"风力"主要关乎五言诗体一般构成因素的"情意"，那么"骨气"则主要关乎少数优秀诗人的人格志气在五言诗体中的特殊表现。如钟嵘评曹植诗："骨气奇高，词彩华茂，情兼雅怨，体被文质，粲溢今古，卓尔不群。"评刘桢诗："仗气爱奇，动多振绝。贞骨凌霜，高风跨俗。但气过其文，雕润恨少。然自陈思已下，桢称独步。"评陆机诗："气少于公干，文劣于仲宣。"评张华诗："犹恨其儿女情多，风云气少。"评刘琨诗："善为凄戾之词，自有清拔之气。"（又《诗品序》云："刘越石仗清刚之气，赞成厥美。"）评鲍照诗："骨节强于谢混，驱迈疾于颜延。"其中"情"与"骨气"的区分，表明钟嵘不仅注意到了曹植五言诗中丰富感人的情致，而且强烈感受到了其诗中郁勃着的一种高远的理想志气和一种不屈抗争的人格精神。这种理想志气和人格精神是诗人先天的才华气质与其后天的命运遭际相互激荡磨砺的结果，因此成为衡量其个体生命品质和精神力量的最本质的标准，也被视为衡量其诗体高下优劣的更为内在的依据。

如果说曹植之诗几乎在每一个诗体结构层面都实现了完美统一（如"情"本身兼有"雅怨"，"情"又和"骨气"统一为整体诗意，内在之"情"和"骨气"又与外在之"词采"统一为完整的诗歌文体），是一种近乎理想的完备之体的话，那么刘桢的诗就只是一种偏胜之体，一种缺点和优点同样鲜明的诗体。按照钟嵘"风力"与"丹采"并重的基本评诗标准，刘桢诗体的"丹采"明显不足，因此钟嵘"恨"其"雕润"过少。但是，这一不足又与其诗中"骨"高"气"奇的优点直接相关。在刘桢的那些优秀诗作中，超奇的志气和嶙峋的风骨几乎要冲破文词形式而直接表露自身，巨大的人格力量甚至无须假借词采的修饰就能展示出足够的魅力。如果说在曹植诗中"骨气"是在与其他层次诸多文体因素（雅怨之情、华茂词采）的张力平衡中体现其特殊内涵和意义，那么在刘桢诗中"骨气"则是在摆脱其他层次文体因素（主要是"词采"）的约束和限制中淋漓尽致地表现其自身的纯粹和超绝。

综上所论，钟嵘的"风骨"说中蕴含着这样一种五言诗体观念：一方面从整体上对体中之"词"提出了更高要求，要求"词"直接以"丹采""词采"的形式呈现出来，须具有鲜明的雕润之美；另一方面对体中之"意"也提出了更高要求，要求"意"具有深厚的内涵和丰富的层次，不仅能体现五言诗体对"吟咏情性"（即"风力"）的一般要求，而且能体现不同作者的生命精神和人格志气（即"骨气"）。这样，美丽精致的词采与渊深丰富的诗意就在五言诗体中构成了一种更高层次的内在平衡。较之《文心雕龙·风骨》篇中所描述的"风骨"与"采"或"风"与"骨采"所构成的文体结构,"风力"兼"骨气"与"丹采"或"词采"构成的五言诗体结构显然是一种更精致、更凝练、更富有表现力的文体结构。

经由上述比较,可以清楚看出钟嵘"风骨"说与刘勰"风骨"说之间的异同:其一,"风"在两说中都属于文体之"意";其二,刘勰"风骨"说中的文体之"意"只有"风"这一个层次(骏爽之情),而钟嵘"风骨"说中的文体之"意"兼有"风力"和"骨气"这两个层次,其中"风力"指一般性情感,为五言诗体之"干","骨气"指个体人格志气,能显天才诗体之"高";其三,与第二点相反,钟嵘"风骨"说中的优秀五言诗体之"词"直接以"丹采"形式呈现,而刘勰"风骨"说中的理想文体之"辞"则可分为"骨"和"采"两个层次。由此也可见,两说差异的焦点是"骨"(或"骨气")一词的不同喻义:刘勰"风骨"说中是以"骨"喻"辞",钟嵘"风骨"说中则以"骨"喻"意"。

第三节 ：
陈子昂的"风骨"说 ：

初唐文人对《文心雕龙》及《诗品》并不陌生。卢照邻《南阳公集序》记曰："近日刘勰《文心》，钟嵘《诗评》，异议蜂起，高谈不息。"①在陈子昂之前，杨炯曾批评龙朔诗风"骨气都尽，刚健不闻"②，以"刚健"形容"骨气"，与钟嵘评诗用"骨气"概念的内涵一脉相承。陈子昂则第一次将"风骨"合为一词用于评诗。

陈子昂的"风骨"说出自《与东方左史虬修竹篇序》（以下称《修竹篇序》），其云："文章道弊五百年矣。汉魏风骨，晋、宋莫传，然而文献有可征者。仆尝暇时观齐、梁间诗，彩丽竞繁，而兴寄都绝，每以永叹。思古人常恐逶迤颓靡，风雅不作，以耿耿也。一昨于解三处见明公《咏孤桐篇》，骨气端翔，音情顿挫，光英朗练，有金石声。遂用洗心饰视，发挥幽郁。不图正始之音，复睹于兹；可使建安作者相视而

---

① ［唐］卢照邻：《卢升之集》，上海古籍出版社1992年版，第35页。
② ［唐］杨炯：《杨炯集》，中华书局1980年版，第36页。

笑。解君云:'张茂先、何敬祖,东方生与其比肩。'仆亦以为知言也。故感叹雅制,作《修竹诗》一篇,当有知音,以传示之。"①

这段文字并非严格的诗歌理论,而是对汉魏至唐初诗歌史及东方虬《咏孤桐篇》一诗的批评。此序文意可以在"以耿耿也"处分为前后两层。第一部分用三个论断批评前代诗史,从不同层面具体评述了"文章道弊"的历史过程和主要表现。在其评述中出现了两组内涵和价值相互对立的概念:一组是具有积极内涵和价值的"风骨"、"兴寄"和"风雅",一组是含有消极内涵和价值的"彩丽竞繁"与"逶迤颓靡"。在前一组中,"风骨"一词主要从诗体构成角度肯定了以汉魏诗歌为典范的诗体中所蕴含的具有旺盛精神力量的构成要素,"兴寄"一词则侧重从主体创作角度评价诗作中情志内容的表达,"风雅"一词则又从与经典文体关系的角度说明"风骨"和"兴寄"之作对《诗三百》优秀文体品质的继承。再通过与第二组的"彩丽竞繁"和"逶迤颓靡"两个短语对比,不难看出"风骨"、"兴寄"和"风雅"三个概念乃是从不同角度和层面说明了同一个问题。第二部分是正面称赞东方虬的诗作。其中"骨气端翔"一语是关键性评价,其历史和逻辑前提即是上文所说的"汉魏风骨",其意又与钟嵘评

---

① [唐] 陈子昂著,徐鹏校:《陈子昂集》,中华书局 1960 年版,第 15 页。

曹植诗的"骨气奇高"相通，而"端翔"即可视为对"高"的另一种表述。"音情顿挫"形容东方虬之诗声调于抑扬中体现情感的顿挫，"光英朗练"形容其诗言辞明白凝练，"有金石声"复以其诗之声调暗示其诗体具有金石一般坚实贞刚的质地。

陈子昂所说的"风骨"和"骨气"两个概念的内涵，整体上与钟嵘《诗品》中"风力"和"骨气"两个概念的内涵相当，都是指表现于诗体中的深厚强烈的情感意绪和坚贞高迈的人格志气。其区别则在于：在钟嵘那里，"风"与"骨"分别成词（"风力"与"骨气"），表义也各有侧重（"风力"偏指诗中有感染力之情，"骨气"偏指诗中有感染力之志；前者主要关乎情感，后者主要关乎人格）；在陈子昂那里，"风骨"一词相当于钟嵘"风力"和"骨气"两个概念形式及内涵的合一，也即是将"风力"所表示的有感染力之情与"骨气"所表示的有感染力之志二义融于一词。

进言之，"风力"与"骨气"合为一词并不仅是一次单纯的概念合并，其中还蕴含着诗体观念发展的重要信息。在钟嵘《诗品》中，"风力"与"骨气"不仅在具体内涵上有明显差异，而且在诗体维度上有不同侧重：其中"风力"主要是作为优秀五言诗体的一般内容要素被提出来的，"风骨"则主要存在于部分不同寻常的杰出诗人文体之中，体现的是五言诗体中个体生命之维的卓绝特异。但是，在陈子昂的

"风骨"说中，"风"与"骨"之间曾有的诗体维度之别消融了，侧重诗人个体生命人格志气的"骨"与侧重一般情感意绪的"风"共同作为优秀诗体的基本品质被标举出来，成为陈子昂衡量优秀诗体的普遍性标准。通过比较可以看出，从钟嵘的"风力（骨气）"说到陈子昂的"风骨"说，最突出的变化发生在"骨"这个概念上，也即"骨"从"纵向的"诗体的个人生命之维度沉淀到了"横向的"诗体的一般优秀品质之维度。个体的特创被提升为一般规范，特殊的文体品质被泛化为普遍要求，此亦诗体和其他文体发展的一般规律。

由此也可发现，尽管陈子昂《修竹篇序》中的"风骨"一词在字面上与刘勰《风骨》篇中的"风骨"一词完全相同，但二者在具体语境中的用义却存在着明显差异。具言之，刘勰所说的"风骨"分别指"骏爽"之情和"端直"之辞，并与"采"相对，主要用义在于对文体之"辞"进行二分，对"辞"的使用提出更具体明确、更有现实针对性的要求，以克服南朝文坛的"采滥"之弊。当然，刘勰之所以将注意力更多地放在"文辞"层面，除了防"采滥"的现实原因，还与"风骨"说所涵盖的文体类型的多样性有关，这一点前文已有详论。陈子昂所说的"风骨"则主要是对诗中所表现的情感意绪和人格志气的总称，并不涉及诗中之"辞"的内在部分。尽管陈子昂也同样要以"风骨"之力克服"彩丽竞繁"之弊，但他并未在"情"和"辞"两端发力，而是侧重通过丰富和强化"意"这一层次的内涵和力量，从诗体的内在根本上制约词采的过度使用，以防"彩丽竞繁"现象的发生。当然，陈子昂也并未忽略词采自身的必要性，其效慕"汉魏风骨"而作的《修竹篇》诗，按照钟嵘的评诗标准也可称得上"风力"、"骨气"与"丹采"兼备。

分析陈子昂的《修竹篇》诗并比照有关汉魏诗歌，能够对其"风骨"概念的所指和内涵获得更具体的感受和理解。《修竹篇》首句"龙种生南岳，孤翠郁亭亭"气势不凡，定下了咏竹寄志的基调。接下来"峰岭上崇崒"至"白露已清泠"，用生长环境的超凡脱俗映衬修竹之高洁。"哀响激金奏"至"此节无凋零"具体描写修竹的质地和品性。诗中称修竹"羞比春木荣"，与刘桢《赠从弟·其三》称凤凰"羞与黄雀群"同一志趣，而陈子昂对修竹不惧"岁寒霜雪苦"的咏叹又与刘桢《赠从弟·其二》全诗立意相近。诗的后半部分叙写修竹被加工成"箫"，并在仙界实现自我价值的过程，寄托着诗人的抱负和志向。整首诗写得明白流畅，在写物中言志，在言志中抒情，情发志显，含蓄雅致，也不乏文采。"情志"的融合也就是"风骨"的融合，而事实上抒情与叙志也的确难以判分。陈子昂的"风骨"说少了刘勰"风骨"说的谨细划分，又将钟嵘的"风力"与"骨气"两个概念融为一词，反而具有了刘、钟之说所不具备的包容性与灵活性。这也成为陈子昂意义上"风骨"说而非刘勰意义上"风骨"说在后世更为流行的重要原因。而陈子昂"风骨"说的影响又反过来在一定程度上妨碍了后世学者准确理解刘勰"风骨"说的原初内涵。

就这样,在钟嵘"风力"说基础上,陈子昂的"风骨"说将曾经被钟嵘视为少数优秀诗人文体品质的"骨气"(人格志气)与作为一般优秀诗体品质的"风力"并于一维,合为一体,共同列为优秀诗体的基本要求,从而为唐代诗歌创作确立了一个更高的诗体观念平台。

## 研讨专题

1. 如何理解"风"与情意、"骨"与文辞之间的关系?刘勰"风骨"说是针对文章写作中哪些问题而论的?如何理解黄侃《文心雕龙札记》所说的"舍辞意而别求风骨,言之愈高,即之愈渺"?

2. 怎样理解刘勰所论"风骨"与"气"之间的关系?怎样理解《风骨》篇"骨"之喻义与《文心雕龙》其他篇"骨"之喻义的关系?

3. 钟嵘的"风力"说与"吟咏情性"说有何联系?"骨气"在钟嵘诗学中有何特殊内涵?刘勰关于文体的"风—骨—采"三层次说与钟嵘关于五言诗体的"风力—骨气—丹采"三层次说有什么联系和区别?

4. 如何联系陈子昂《修竹篇》诗,从诗体结构角度理解陈子昂的"风骨"说的具体内涵？如何认识陈子昂"风骨"说在中国文学史上的影响？

　　5.刘勰的文章"风骨"说和钟嵘、陈子昂的诗歌"风骨"说，对当今的文章写作和文学创作有何启发意义？

## 拓展研读

　　1.黄侃：《文心雕龙札记》，商务印书馆2014年版。

　　2.牟世金：《文心雕龙研究》（《牟世金文集》第一册），人民文学出版社2022年版。

　　3.童庆炳：《〈文心雕龙〉三十说》，北京师范大学出版社2016年版。

　　4.汪涌豪：《风骨的意味》，百花洲文艺出版社2009年版。

　　5.姚爱斌：《中国文体论：原初生成与现代嬗变》，北京大学出版社2022年版。

# 第六章

*/Chapter 6/*

# 文体与隐秀

· · · · · · ·

钱钟书先生曾将诗歌作品中的"言外之意"细分为"含蓄"与"寄托"两种，认为"含蓄"的特点是"诗中言之而未尽，欲吐复吞，有待引申，俾能圆足，所谓'含不尽之意，见于言外'"，而"寄托"的特点是"诗中所未尝言，别取事物，凑泊以合，所谓'言在于此，意在于彼'"。① 如同样以"桂花"为题材，张九龄的《感遇》（其一）以秋桂"皎洁"的性状喻其高洁之本心，这种"言外之意"即属于"寄托"；而王建《十五夜望月寄杜郎中》的第二句"冷露无声湿桂花"，则是以景兴情，融情于景，其"言外之意"即属于"含蓄"。再如贺铸的《踏莎行·杨柳回塘》与周邦彦的《苏幕遮·燎沉香》两首词都是写荷花，前者有生世"寄托"，但后者"情致"含蓄，尤其是"水面清圆，一一风荷举"最得"荷之神理"。能区分这两种诗歌的艺术手法和文体特征，就不难理解刘勰在《文心雕龙·隐秀》篇所论的"隐"和"秀"两个概念的诗学内涵。

---

① 钱钟书：《管锥编》第一册，生活·读书·新知三联书店 2001 年版，第 217 页。

第一节 •
"隐"与"秀"的关系 •

　　解读刘勰的"隐秀"论，首先会面对明代出现的《隐秀》篇补文及南宋张戒《岁寒堂诗话》据称引自刘勰《隐秀》篇的"情在词外曰隐，状溢目前曰秀"一句的真伪问题。综合学界相关考证和研究，笔者倾向于认为无论是400多字的"补文"还是这两句"佚句"都不宜视为《隐秀》篇原文。[①]

　　《文心雕龙·隐秀》残篇保存了该篇"开宗明义"与卒章"显志"两个关键部分，对"隐""秀"两个概念做了足够清晰的界说[②]，因此，解读"隐秀"论本义的方法应该是

---

①　涉及补文真伪之辨的主要文献和论著有：《古今图书集成·考证》，《四库全书总目提要》卷一百九十五《文心雕龙》提要及纪昀评，黄侃《文心雕龙札记》（中华书局1962年版），詹锳《〈文心雕龙〉〈隐秀〉篇补文的真伪问题》（《文学评论丛刊》第二辑，中国社会科学出版社1979年版），王达津《论〈文心雕龙·隐秀篇〉补文真伪》（《文学评论丛刊》第七辑，中国社会科学出版社1980年版），周汝昌《〈文心雕龙·隐秀篇〉旧疑新议》[《河北大学学报（哲学社会科学版）》1983年第2期]，杨明照《文心雕龙隐秀篇补文质疑》（《学不已斋杂著》，上海古籍出版社1985年版）。关于张戒引文真伪考辨，可参看周汝昌《〈文心雕龙·隐秀篇〉旧疑新议》[《河北大学学报（哲学社会科学版）》1983年第2期]、《中国文论［艺论］三昧篇》[《北京大学学报（哲学社会科学版）》1998年第1期] 和陈良运《勘〈文心雕龙·隐秀〉之"隐"》[《复旦学报（社会科学版）》1999年第6期] 等。
②　傅庚生《论文学的隐与秀》曾谓："其实《文心·隐秀》篇的首章和后幅具在，中间缺了的不过是申论与例证的词句，我们吃一个'烧头尾'已经尽够领略肥鲜的了。"《东方杂志》1947年第3期。

立足于《隐秀》残篇的原始真实的文本，从残篇提示的路径进入支撑《隐秀》篇的隐在文本中去。这些隐在文本构成了"隐秀"论的话语前提，其中既有居于"五经"之列的《易》和《诗》，也有此前或当时的诗歌佳作。通过对《隐秀》残篇及其隐在文本的解读，"隐秀"论的原初诗学内涵会逐渐从重重话语掩埋中显露出来。《隐秀》现存残篇300多字：

夫心术之动远矣，文情之变深矣，源奥而派生，根盛而颖峻，是以文之英蕤，有秀有隐。隐也者，文外之重旨者也；秀也者，篇中之独拔者也。隐以复意为工，秀以卓绝为巧，斯乃旧章之懿绩，才情之嘉会也。

夫隐之为体，义主文外，秘响傍通，伏采潜发，譬爻象之变互体，川渎之韫珠玉也。故互体变爻，而化成四象；珠玉潜水，而澜表方圆。

朔风动秋草，边马有归心，气寒而事伤，此羁旅之怨曲也。凡文集胜篇，不盈十一；篇章秀句，裁可百二；并思合而自逢，非研虑之所求也。或有晦塞为深，虽奥非隐，雕削取巧，虽美非秀矣。故自然会妙，譬卉木之耀英华；润色取美，譬缯帛之染朱绿。朱绿染缯，深而繁鲜；英华曜树，浅而炜烨；秀句所以照文苑，盖以此也。

　　赞曰：深文隐蔚，余味曲包。辞生互体，有似
变爻。言之秀矣，万虑一交。动心惊耳，逸响笙匏。[①]

　　首先要辨明"秀"与"隐"的关系。学界由于长期受张
戒引文影响，习惯于将"隐"与"秀"的关系理解为诗歌中
"意蕴"与"形象"的关系，但是仔细分析刘勰的具体论述，
发现"隐"与"秀"并非一篇作品的两个层面，而是分别表
示两种不同的诗歌文体特征。根据之一，《隐秀》篇与《比
兴》篇、《风骨》篇、《情采》篇一样，都是根据相反相对的
关系把两个概念组合在一起，并列于一篇，以形成内涵上的
比照，譬如"比显"与"兴隐"、"风清"与"骨峻"、"情真"
与"采滥"等。根据之二，持"隐""秀"关系为"意蕴—
形象"论者往往以《隐秀》篇的首句为依据，实际上是明显
误解了这句话。此句原文为："夫心术之动远矣，文情之变深
矣，源奥而派生，根盛而颖峻，是以文之英蕤，有秀有隐。"
这句话实际上有两层比喻，应该分两层解释。第一层以"源
奥"和"根盛"比喻"心术之动远"和"文情之变深"（并
非譬喻"隐"），而"派生"与"颖峻"的喻旨尚未点明；第
二层中"文之英蕤"是将前面的"派生"与"颖峻"两个喻

①　［南朝梁］刘勰著，范文澜注：《文心雕龙注》，人民文学出版社 1958 年版，第
632—633 页。

义合而为一，共同比喻"隐""秀"。"英蕤"本指花叶繁盛，这里是精华的意思。也就是说，刘勰认为"隐"和"秀"都是文章的精华，而且是两种不同性质的精华。这句话的整个意思是说，"隐"和"秀"乃是文章的精华，好像深远的源头流出的不竭的流水，又像壮盛的树根生出的繁华的枝叶，而这个"深远的源头"和"壮盛的树根"就是深远的"心术"和"文情"。要完整、准确地把握这句话的意思，不可将第三、第四、第六3个分句单独拈出来配对，而必须注意一、二2个分句与后面比喻的关系，尤其要重视分句五承前启后的关键作用。《隐秀》篇的第一句话是对"隐"与"秀"的合训，接着第二句"隐也者，文外之重旨者也；秀也者，篇中之独拔者也"转为对"隐""秀"分训，之后第三句"隐以复意为工，秀以卓绝为巧，斯乃旧章之懿绩，才情之嘉会也"又合训"隐""秀"为"旧章之懿绩"与"才情之嘉会"，正好与第一句构成呼应。

因此，酌其本义，"隐"与"秀"应该是对两种不同文体特征的描述。无论是"隐篇"还是"秀句"，都有其自身的"意蕴"和"形象"，都是"意蕴"与"形象"结合的完整体。

第二节
"隐"作为一种文体特征

残篇中对"隐"的论述可分为三类。第一类是直接对"隐"内涵的界定和描述。有如下几句:"隐也者,文外之重旨者也","隐以复义为工","夫隐之为体,义主文外","深文隐蔚,余味曲包"。第二类是用自然事物或文化符号譬喻"隐"的特征。有如下几句:"秘响傍通,伏采潜发,譬爻象之变互体,川渎之韫珠玉也。故互体变爻,而化成四象;珠玉潜水,而澜表方圆。""辞生互体,有似变爻。"第三类是规定"隐"的理想品格——自然。有如下几句:"并思合而自逢,非研虑之所求也","或有晦塞为深,虽奥非隐","故自然会妙,譬卉木之耀英华"。应该还有第四类,即"隐篇"举例,可惜残篇缺此一类。四类话语中,因为第三类论"隐"的"自然"品格是刘勰论文的普遍标准,并非"隐"的独特内涵,所以可以置而不论。第一类则提供了关于"隐"的最直接的陈述,第二类和第四类则暗示了"隐"论的隐在文本即"隐"论的话语前提。

在第一类关于"隐"的直接陈述中,关键词是"文外"

（出现了2次）、"重旨"和"复意"。所谓"文外"即文字之外、文辞之外，准确地说指字面义之外。不过，刘勰所说的"文外之重旨""复意"和"义主文外"的诗学旨趣与唐宋诗论中的"韵外之致"（司空图）、"情在言外"（皎然）、"不尽之意"（梅尧臣）等并不相同。在《隐秀》残篇中，取于《易》学的譬喻即有3个：依次是"譬爻象之变互体""故互体变爻，而化成四象""辞生互体，有似变爻"。名为三，其实为一，因为喻体都是"互体"。刘勰的反复引譬，说明《易》及《易》学是"隐"论最重要的隐在文本，其中"变爻""互体"的卦法是"隐"论最直接的话语前提。由于《文心雕龙》的篇章之间具有很强的互文本性，一个概念的论述往往以一篇为主，同时又散见于他篇。尤以《原道》《征圣》《宗经》3篇为全书论文纲领，因此这3篇互文本性最强。其他诸篇分论往往可以在此找到进一步读解的津梁。在3篇总纲中，都发现了《隐秀》篇据《易》论"隐"的互文。《原道》篇云："文王患忧，繇辞炳曜，符采复隐，精义坚深。"《征圣》篇云："四象精义以曲隐，五例微辞以婉晦，此隐义以藏用也。""虽精义曲隐，无伤其正言；微辞婉晦，不害其体要。"《宗经》篇云："夫《易》惟谈天，入神致用。故《系》称旨远辞文，言中事隐。"其中《原道》篇与《宗经》篇只是泛称《易》意旨深远隐复的特点，《征圣》篇则具体言及《易》精义曲隐的具体方式，即通过"四象"来表征，此与《隐秀》

篇所论完全一致，足见《易》的"四象精义以曲隐"的表意方式是刘勰标举的"隐"的典型范式。

"四象"是通过"互体变爻"的方式体现"隐义"的。[①]《隐秀》篇言及的"变爻"包括"变卦"和"卦变"两种方式。"变卦"的过程是这样的：先按《系辞》所述程序规则占得六爻，构成一卦，此为别卦；然后将别卦六爻中之一爻或由阳爻变成阴爻，或由阴爻变成阳爻，便生出另一个别卦，前后一共可得六个别卦。原有别卦与变爻产生的任一别卦的卦象、卦辞和变爻之辞可相互参读，以解释繁杂多变的事理。这种占卜法即名"变卦"。所谓"卦变"是将"变卦"法中的变爻由其中一爻依次推至二爻、三爻、四爻、五爻，这样每一别卦可生六十四别卦。后代《易》学家又发现：每个别卦中除了一至三爻、四至六爻各是一经卦（即最初的"乾""坤"等八卦）外，二至四爻、三至五爻也可各组成一个经卦，因为别卦中所藏的这两个经卦共用三、四爻，所以称"互体"卦。这样，别卦中原有的两个经卦是显象，两个互体卦则为隐象。当这个别卦每次变爻之后就会再产生两个互体卦，即两个隐象。前后就共有四个隐象。因此，刘勰说："故互体变爻，而化成四象。"又说："四象精义以曲隐。"

---

① 关于"变爻""互体""四象"的解读转述自陈良运先生：《勘〈文心雕龙·隐秀〉之"隐"》，《复旦学报（社会科学版）》1999年第6期。

通过这些分析，可以看出刘勰心仪的"隐"的范式就是《易》及《易》学所蕴含的寓言式表意模式。这一模式有其明确的符号——卦象，有其操作性很强相对定型化的寓意方式——互体和变爻，有其待解的义理——"精义"，有其系统的阐释手段——卦辞、爻辞。构成这一寓言式表意模式的两个最基本的要素是"象"与"义"，或者说是"象"与"意"。各种卦爻符号、卦象、爻辞、卦辞皆可归为"象"，有待阐释的"精义"就是"意"。

《宗经》篇对"五经"的文体特征有过明确概述。在除《易》之外的其他四经中，《书》只是因文辞古奥而难懂，算不上"隐"体;《礼》规定的是明确的行为规范，也谈不上"隐";《春秋》"婉章志晦"，似乎合乎"隐"体，但所谓"一字见义"，"以先后显旨"，应该是利用选字、详略、语序等常规的语言手段表达客观事理，暗示主观态度，与《易》的自觉完整的寓言表意模式判然有别。能够与《易》比较的只有《诗》。在《比兴》这篇专论里，刘勰"比兴"论突出了"比"与"兴"之间的差异，并对这些差异进行了有效的阐述。刘勰从"毛公述传，独标兴体"的注《诗》体例中推阐出"风通而赋同，比显而兴隐"的观点。刘勰将"比"限制为文体局部的修辞技巧，而将"兴"提到诗歌整篇体式的高度;突出"比"表意的直接性，而强化"兴"表意的暗示性，其目的是澄汰出一种最典型的寓言诗学范畴。刘勰利用汉儒

《诗》学之"兴"兼有的"起"与"譬喻"二义，将"起情"之"兴"自然感发、表意含蓄的特点融入"譬喻"义中，使得"兴"之"譬喻"成为"环譬以托讽""婉而成章"，具有"称名也小，取类也大"的修辞效果，以此与"比"之"譬喻"区别开来。刘勰"兴"论是《诗》学寓言与《易》学寓言的汇聚，《诗》学寓言在《易》学寓言中找到了更坚实的理论地基，而《易》学寓言也因此具体化为一种诗学精神。

　　《隐秀》篇"赞"云："深文隐蔚，余味曲包。""余味"与"隐"关系甚密，如何理解"余味"会影响到对"隐"的性质的确定。"味"在古典文论中用义极广，不仅有司空图所倡导的含蓄空灵之"味"，也有寄托质实之"味"，不仅可以言情，也可以言理。《孟子·告子上》："故理义之悦我心，犹刍豢之悦我口。"《文心雕龙·宗经》称儒经"余味日新"，《体性》称扬雄作品"志隐而味深"，《史传》称班固《汉书》"儒雅彬彬，信有遗味"，等等，都不能说是"表现于虚实相生和情景交融中的深情妙趣"。《隐秀》篇的"余味"当指此寓意。

　　总之，刘勰《隐秀》篇的"隐"论既是对《易》学寓言式表意模式的演绎，也是对汉代经学家以"美刺讽谏"说论《诗》之"比兴"的批评理论的总结。也就是说，《隐秀》篇的"隐"论是以《易》学"隐"论和《诗》注"隐"论为话语前提的，是对《易》学"隐"论和《诗》注"隐"论的集中与融合。这三种"隐"论都属于寓言诗学范式。

第三节 ●
"秀"作为一种文体特征 ●

　　刘勰对"隐"与"秀"有一个非常形式化的区分，即
"隐"为篇而"秀"在句。所谓"凡文集胜篇，不盈十一；篇
章秀句，裁可百二"，又谓"隐"乃"文外之重旨"，谓"秀"
乃"篇中之独拔"，都包含着这种区分；而且《隐秀》篇尚
存的唯一的"秀"例正是一个诗句。仅以此论，即已不宜将
"秀"扩展为与整首诗歌内容情感相对的表层形象。"秀句"
应该是对"秀"的最基本的规定，在此基础上才可以谈论关
于"秀"的其他问题。根据《隐秀》残篇，"秀"的诗学特
征可以总结如下：第一，"秀"是"秀句"，而不是整篇；第
二，"秀"是"篇中独拔"，是一篇之中独特的、出类拔萃的
诗句；第三，"秀"以"卓绝为巧"，追求不同寻常的修辞效
果；第四，"秀"句的产生应该是"自然会妙"，而非"雕削
取巧"。由《隐秀》篇所举一例"秀句"入手，并结合当时
的诗坛风气，可以对"秀"的诗学内涵获得更加精细的认识。
其云："'朔风动秋草，边马有归心'，气寒而事伤，此羁旅之
怨曲也。"这是晋人王赞《杂诗》中的一句。全诗如下："朔

风动秋草，边马有归心。胡宁久分析，靡靡忽至今。王事离
我志，殊隔过商参。昔往鸧鹒鸣，今来蟋蟀吟。人情怀旧乡，
客鸟思故林。师涓久不奏，谁能宣我心?"南朝人对这首诗
尤其是首句嘉评甚多。如沈约《宋书·谢灵运传论》称："子
建函京之作，仲宣灞岸之篇；子荆零雨之章，正长朔风之句，
并直举胸情，非傍诗史。"[①] 钟嵘《诗品》云："子荆'零雨'
之外，正长'朔风'之后，虽有累札，良亦无闻。"[②] 显然也
是以此诗此句为王赞最好的诗作。这句诗究竟好在哪里，钟
嵘没有明说，沈约认为是"直举胸情，非傍诗史"，也就是
说这首诗具有感情真挚、自然率真、不事雕琢、不堆砌典故
的特点。但是沈约的点评针对的是全诗，若特言"朔风"一
句，则未尽其妙。"朔风动秋草，边马有归心"一句最突出
的艺术特点在于其写景处即是其言情处：朔风、秋草、边马，
几个具有强烈节候和地域特征的景物，组成一幅典型的边地
秋色的场景，渲染出浓郁的荒寒凄凉的氛围，具有很强的感
染力，让读者将身心自然而然地融入其中。若将此句置于全
诗就会发现，"直举胸情"并不仅是这一句的艺术特征，这
一句之所以被刘勰目之为"秀"，还因为它以眼前景写心中
情，景在目前而情于言外，而这是这首诗中的其他诗句所不

---

① 转引自郁沅、张明高编选:《魏晋南北朝文论选》，人民文学出版社 1996 年版，
第 297 页。
② [南朝梁] 钟嵘著，曹旭集注:《诗品集注》(增订本)，上海古籍出版社 2011 年
版，第 284 页。

具备的抒情特色。诗中与此句差可相似的还有"昔往鸲鹆鸣,今来蟋蟀吟"一句,但是它不仅在以景含情上不及首句,而且明显是对《诗经·小雅·采薇》中"昔我往矣,杨柳依依;今我来思,雨雪霏霏"一句的不太成功的模仿。

《隐秀》篇论"秀"并非特创,而是当时文坛流风的反映,"摘句"品诗的记载时见于当时典籍。《世说新语·文学》曾载谢安"因子弟集聚,问《毛诗》何句最佳",又载王孝伯"行散至其弟王睹户前,问古诗中何句为最"。《诗品》评谢朓诗"奇章秀句,往往警遒",评谢灵运"名章迥句,处处间起;丽曲新声,络绎奔发。譬犹青松之拔灌木,白玉之映尘沙"。"秀句"("迥句"亦即"秀句")在《文心雕龙》和《诗品》中差不多同时出现尤其能说明问题。《文心雕龙》中"隐""秀"并提,而《诗品》单重"秀句",表明了《诗品》不同于《文心雕龙》的诗学范式取向("感物诗学"一枝独秀),而"秀"论也因此在《诗品》中得到了更充分的描述——"直寻"说、"直致"说、"自然英旨"说的诗学旨趣与"秀"论都是一致的。更值得珍视的是,《诗品》中提供了丰富的《隐秀》篇所残缺的"秀句"的诗例,如"思君如流水""高台多悲风""清晨登陇首""明月照积雪""池塘生春草""零雨被秋草""黄花如散金""绿蘩被广隰"等。刘勰之后的唐代涌现了众多"秀句"集,如唐代元兢辑《古今诗人秀句》、僧玄鉴辑《续古今诗人秀句》、黄滔辑《泉山

秀句集》等。其中元兢撰《古今诗人秀句序》对全面理解
"秀句"的艺术特征尤为重要。[①]序中列举了两类"秀句"：
一是诸学士所选"行树澄远阴，云霞成异色"，二是元兢本
人所选"落日飞鸟还，忧来不可极"。元兢的理由非常清楚，
所谓"夫夕望者，莫不镕想烟霞，炼情林岫，然后畅其清调，
发以绮词。俯行树之远阴，瞰云霞之异色，中人以下，偶可
得之"，意谓"行树澄远阴，云霞成异色"二句之"秀"不
过是体物之妙，实属平常；而所谓"扪心罕属，而举目增思，
结意惟人，而缘情寄鸟。落日低照，即随望断，暮禽还集，
则忧共飞来"，意谓"落日飞鸟还，忧来不可极"二句胜在
缘情观物，情景相融。换言之，前者仅为外在之"秀"，后
者方是完整之"秀"。由此也可见元兢的"秀句"观与刘勰
之"秀"论乃一脉相承。

　　"秀"论是《文心雕龙》感物诗学发展的一个重要环
节，也是刘勰对感物诗、山水诗写作中出现的新的艺术经验
的及时总结。与《文心雕龙》前面诸篇的感物类诗学命题相
比，"秀"论已经克服了"论山水，则循声而得貌""婉转附
物""写物图貌，蔚似雕画""情必极貌以写物"等感物经验
的片面与粗糙问题，不仅将"景"与"情"拢入其中，而且

---

① ［日］弘法大师原撰，王利器校注：《文镜秘府论校注》，中国社会科学出版社
1983 年版，第 360—361 页。

包含了对"景"与"情"关系的新的认识。

综上所论,"秀"的诗学内涵可以进一步表述如下:第一,"秀"要求写景鲜明直接,抒情真切含蓄;第二,"秀"要求以景含情,情在景中;第三,"秀"要求自然天成,不假雕饰。"秀"应该是"状溢目前"与"情在词外"的结合,而不仅仅是"状溢目前"一个方面的特征。因此可以说,"秀"乃是"感物"的升华,同时又已初露后世"意境"的端倪,是"意境"的经验形态。人们在诗歌鉴赏中对"秀句"的钟爱,明确无误地反映了一种新的审美标准正在建立,一种新的艺术趣味正在成型——这就是情景交融、情景俱胜的诗歌文本已经成为"比兴之义"之外的另一种理想。

《隐秀》独立成篇,表明刘勰已经充分认识到两种诗歌艺术形象的存在以及区分的必要。

## 第四节
## "隐秀"论的误读与接受

由是观之，张戒所"引"的"情在词外曰隐，状溢目前曰秀"的诗学旨趣与"隐秀"论的出入非常明显。张戒"撮述"的结果是将《隐秀》篇寓言诗学与感物诗学并行的格局简化为单一的感物诗学形态。张戒那句引发是非的引语出自《岁寒堂诗话》卷上的这段话：

> 沈约云："相如工为形似之言，二班长于情理之说。"刘勰云："情在词外曰隐，状溢目前曰秀。"梅圣俞云："含不尽之意，见于言外；状难写之景，如在目前。"三人之论，其实一也。[1]

周汝昌、陈良运等学者认为张戒的引语属于"撮述"和"歪曲"（见前注）。接下来的问题是：属于寓言诗学的南朝诗学命题"义主文外"为什么在宋代被"置换"成了意境论

---

[1] 丁福保辑：《历代诗话续编》（上），中华书局 1983 年版，第 456 页。

诗学命题"情在词外"？张戒的"撮述"难道仅仅是一个偶然的个体行为？仅仅因其态度不严肃所致？如果说学界曾因轻信张戒的一句引语而长期对《隐秀》真义产生了误读，那么现在就有可能因轻视张戒的一个"撮述"而错失一次解读中国古典诗学范式转换的契机。从表面上看，张戒的"撮述"是一个由个人态度造成的偶然错误，如同文论史上许许多多的引文讹错一样，但如果从中国古典诗学范式演进的历史趋势来看，张戒的这个错误乃是中国古典诗学假张戒之手在无意间完成了一次话语"置换"，张戒"撮述"的诗学史意义在于表明中国古代社会后期意境诗学已经完全占据了诗学中心。

如果说《文心雕龙》中尚保持着寓言诗学与感物诗学均衡的态势，那么比刘勰稍后的钟嵘的《诗品》中，感物诗学就已经急不可待地成为其优势话语。"宗经"思想使得刘勰奉四言体的《诗》为"正体"而视五言诗为"流调"，并且自觉地承续了两汉经学家注《诗》的寓言型阐释模式。到了钟嵘，"征圣""宗经"的思想隐匿了，"五言流调"成了他关注的唯一文本，诗学上也只限于发挥与"秀"论及《物色》篇相类的感物诗学思想。于是，我们在《诗品》中看到了诗歌"吟咏情性"说，"情""物"相感说，创作心理机制——"直寻"说，意境审美特征——"滋味"说和"文已尽而意有余"说。而且，在有些方面《诗品》比《物色》篇论述更加精详：第一，"感人"之"物"在《物色》篇主要是自然景物，是狭义的"景"；而在《诗品序》中既有"春风春鸟，秋月秋蝉"一类的自然之景，也有"楚臣去境，汉妾辞宫"一类的社会图景，已是广义的"景"。第二，"吟咏"之"情"在《物色》篇中兼含喜乐忧悲，在《诗品》中则首推"怨"情。[①] 钟嵘对"怨"情的偏好似乎逊于刘勰的全面，但从诗学话语自身的发展规律看，这种偏好是在初始的泛论基础上的约取，表明钟嵘已进入对感物诗学诸概念更精细的思考中。第三，《诗品》以"直寻"说将感物诗学中的创作方法与寓言诗学中的"环譬以托讽""依微以拟议"的创作方法自觉地区别开来，而且，比之《物色》篇的"宛转""徘徊""往还""吐纳""赠答"诸多描摹更为集中、精当，更具理论色彩。"直寻"说也是梅尧臣"状难写之景如在目前"说、王夫之"现量"说、王国维"不隔"说之所从出。

钟嵘之后，抒情诗日益繁盛，意境诗学也不断发展。时至中唐，此前自发的意境论思想终于汇聚到"意"与"境"的名下，整合成"意—境"诗学模式。[②] 皎然是意境论的奠基人，他明确了诗"境"的本质是"情"，提出了"诗情缘

---

① 如评曹植"情兼雅怨，体被文质"，评李陵"文多凄怆，怨者之流"，评刘琨"多感恨之词"，等等。
② 此处"意"与"境"分提，是因为此时"意"与"境"两个概念虽然已经具有意境论诗学内涵，但尚未组合成一个范畴。

境发"①和"缘景不尽曰情"②的命题,强调"文外之旨"③,"情在言外"和"旨冥句中"④等意境特征。但是,正是在皎然的《诗式》中,刘勰的"隐秀"论遭遇了第一次误读。此见于《诗式》卷二评"池塘生春草""明月照积雪":

> 评曰:客有问予,谢公此二句优劣奚若?予因引梁征远将军记室钟嵘评为"隐""秀"之语。且钟生既非诗人,安可辄议?徒欲聋瞽后来耳目。且如"池塘生春草",情在言外;"明月照积雪",旨冥句中。风力虽齐,取兴各别。古今诗中,或一句见意,或多句显情。王昌龄云:"日出而作,日入而息。"谓一句见意为上。事殊不尔。⑤

对照前引钟嵘《诗品序》语,皎然有两处误记:其一,钟嵘《诗品序》只评了"明月照积雪"一句,未提"池塘生春草"。其二,钟嵘并未用刘勰的"隐秀"论评谢诗,用的是其自创的"直寻"说。这段诗论中,皎然已将刘勰的"隐秀"论与钟嵘的"直寻"说混为一谈,将"隐秀"论与"情

① [唐]皎然著,李壮鹰校注:《诗式校注》,人民文学出版社 2003 年版,第 385 页。
② [唐]皎然著,李壮鹰校注:《诗式校注》,人民文学出版社 2003 年版,第 91 页。
③ [唐]皎然著,李壮鹰校注:《诗式校注》,人民文学出版社 2003 年版,第 42 页。
④ [唐]皎然著,李壮鹰校注:《诗式校注》,人民文学出版社 2003 年版,第 153 页。
⑤ [唐]皎然著,李壮鹰校注:《诗式校注》,人民文学出版社 2003 年版,第 153 页。

在言外""旨冥句中"等说法混为一谈。误记的实质是误读，刘勰的"隐秀"论被皎然无意间纳入钟嵘的意境诗学思想中，被"意境论化"了。或以为"情在词外""旨冥句中"也许为皎然引《隐秀》篇语，但斟酌文意，两语应为皎然自撰或是对"隐"做意境论式的发挥。

晚唐两宋，意境诗学范式得到不断完善。晚唐司空图有"象外之象""景外之景""韵外之致""味外之旨"等说，宋梅尧臣有"状难写之景如在目前，含不尽之意见于言外"① 之说，苏轼有"境与意会"② 之论，范晞文有"景中之情""情中之景"③ 之谈，另有范温的"韵"论、严羽的"兴趣"说等。意境诗学已全面成熟，而与此同时，寓言诗学则不太彰显，④ 中国古典诗学从整体上完成了范式转换。这一转换最突出的标志也许并非那些显赫的意境诗学命题，而是张戒《岁寒堂诗话》中对刘勰"隐秀"论的误读。从张戒的误读中可以感受到意境诗学话语已经广泛渗透进诗论家诗学话语结构的无意识层次，并在这里形成了压抑、改造、置换寓言诗学话语的内在机制。就这样，"义主文外"的"隐"被置换成了"情

---

① ［宋］欧阳修《六一诗话》引梅尧臣语，见［清］何文焕辑：《历代诗话》，中华书局 1981 年版，第 267 页。
② ［宋］苏轼：《题陶渊明饮酒诗后》，见《苏轼文集》第五册，孔凡礼点校，中华书局 1986 年版，第 2092 页。
③ ［宋］范晞文：《对床夜语》，见丁福保辑：《历代诗话续编》（上），中华书局 1983 年版，第 417 页。
④ 唐代尚有陈子昂的"兴寄"说和白居易的"美刺比兴"说，到了宋代理学家朱熹亦说："诗之兴，全无巴鼻。"

在词外"的"隐";"独拔""卓绝"的"秀"被置换成了"状溢目前"的"秀"。

张戒引语一出，后世凡信以为真者皆本此一句畅论"隐秀"之旨。如清代冯班《钝吟杂录》卷五云："诗有活句，隐秀之词也；直叙事理，或有词无意，死句也。隐者，兴在象外，言尽而意不尽者也；秀者，章中迫出之词，意象生动者也。"[1] 近人对张戒引语更是崇信有加，如刘永济《文心雕龙校释》云："'隐秀'之义，张戒《岁寒堂诗话》所引二语，最为明晰。'情在词外曰隐，状溢目前曰秀。'与梅圣俞所谓'含不尽之意见于言外，状难写之景如在目前'，语意相合。"[2] 梅尧臣的意境诗学话语之势竟如此之大，以至代替了《隐秀》原文成为衡量张戒引语真伪的准尺。汤用彤《魏晋玄学论稿》"言意之辨"云："魏晋文学争尚隽永，《文心雕龙》推许隐秀，隽永谓甘美而义深长，情在词外曰隐，状溢目前曰秀，均可知当时文学亦用同一原理。"[3] 傅庚生认为："什么叫做'隐'？就是深蔚含蓄。'言有尽而意无穷'是它的特质，'此时无声胜有声'是它的奇致。……这里是情与景的交融，这里是深曲之笔表达出深曲的情怀。"[4]

---

① ［清］冯班撰，［清］何焯评，李鹏点校：《钝吟杂录》，中华书局 2013 年版，第 87 页。
② ［南朝梁］刘勰著，刘永济校释：《文心雕龙校释》，中华书局 1962 年版，第 156 页。
③ 汤用彤撰：《魏晋玄学论稿》，上海古籍出版社 2001 年版，第 36 页。
④ 傅庚生：《文学赏鉴论丛》，东风文艺出版社 1963 年版，第 188—189 页。

由此可见，张戒这句"引语"在很大程度上误导了今人对刘勰"隐秀"论诗学内涵的理解。这种"引语"让今人疏远了弥足珍贵的《隐秀》残篇，也疏远了《隐秀》篇丰富的隐文本以及由这些隐文本所体现的先秦两汉时期的寓言诗学思想。从更深层说，今人也与张戒一样在无意中受到意境诗学话语的遮蔽，形成了一种关于中国古典诗学范式的一元式观点，忽视了中国古典诗学范式本有的丰富性和多样性。

## 研讨专题

1. 为什么说"隐"与"秀"是两种不同类型诗歌作品的文体特征，而非同一篇作品的内外两个层次？如何准确理解《文心雕龙·隐秀》第一节？

2. 刘勰所说的"隐"和"秀"分别是对什么诗歌文体特征的总结？"隐"与《易》之象征、《诗》之比兴是什么关系？"秀"与南朝盛行的"秀句"是什么关系？

3. 你认为张戒在《岁寒堂诗话》中所说的"情在词外曰隐，状溢目前曰秀"是《文心雕龙·隐秀》的原文吗？张戒"隐秀"论与刘勰"隐秀"论的内涵有何区别？张戒的这种说法的产生与中国古代诗学语境的变化有什么联系？

4. 现代学者为什么容易接受张戒的"隐秀"论？这与中国古代诗学观念的现代阐释和建构有什么联系？

**拓展研读**

1. 钱钟书:《管锥编》,生活·读书·新知三联书店 2007年版。

2. 卢盛江:《魏晋玄学与中国文学》,百花洲文艺出版社2010年版。

3. 杨明照:《学不已斋杂著》,中华书局 2019 年版。

4. 姚爱斌:《〈文心雕龙〉诗学范式研究》,湖南人民出版社 2012 年版。

# 第七章

*/Chapter 7/*

# 体制与兴趣

• • • • • • • •

严羽在《答出继叔临安吴景仙书》中说"作诗正须辨尽诸家体制",声称自己"于古今体制,若辨苍素"。① "体制"是严羽诗论的核心概念,在《沧浪诗话》中,"体制"的基本内涵是指诗歌作品完整而具体的本体存在,包含"词、理、意兴"等基本要素,并通过"格力""兴趣""气象""音节"等表现其内在的艺术力量和审美品质。其中"格力"以诗意为本,是诗中整体思想情感所表现的精神力量;"兴趣"以诗情为本,是诗体所表达的自然感发、含蓄蕴藉的情致和意趣;"气象"以诗象为本,是诗体所呈现的自然雄浑的整体艺术形象;"音节"以诗语为本,是诗体中充分韵律化、表意化的艺术语言。着眼于"体制",可对《沧浪诗话》中的诗学思想有一个融会贯通的理解。

---

① ［宋］严羽著,张健校笺:《沧浪诗话校笺》(下),上海古籍出版社 2022 年版,第 765 页。

第一节 •
：
"体制"是指诗歌作品的本体存在 •

　　冯班《严氏纠谬》谓"沧浪一生学问最得意处，是分诸体制"①，严羽本人也在《答出继叔临安吴景仙书》（下文简称《答吴景仙书》）中强调"作诗正须辨尽诸家体制"②。传世本《沧浪诗话》③中的每个部分（含《诗辨》《诗体》《诗法》《诗评》《考证》及附录《答吴景仙书》）皆不同程度地论及诗之"体制"（或"体"），其中直接提及"体制"（含"体"）一词的内容，即有《诗辨》第 2 小节"诗之法"，《诗体》全部 6 个小节，《诗法》第 1 小节和第 19 小节，《诗评》第 35、46 小节，《考证》第 16、23 小节，另外还有《答吴景仙书》中的 6 处。至于未用"体制"之名但事实上属于诗歌体制论评的内容，其范围之广则会突破学界关于诗歌体制的传统理解和认知。

---

① ［清］冯班著，何焯评：《钝吟杂录》，中华书局 1985 年版，第 67 页。
② ［宋］严羽著，张健校笺：《沧浪诗话校笺》（下），上海古籍出版社 2022 年版，第 765 页。
③ 此据黄公绍序元刊本《沧浪严先生吟卷》，现藏于台北"中央图书馆"。

　　"体制"是严羽诗论①的一个核心概念，但在今人的研究和阐释中，却因习焉不察的割裂与混淆，致其确切内涵与本来面目未能完整呈现，进而妨碍了对《沧浪诗话》的理论体系与诗学思想的理解。"割裂"与"混淆"本是概念释义中两种相反的错误思路，却吊诡地共存于对《沧浪诗话》"体制"一词的理解中。所谓"割裂"，主要表现为对各种诗体分类（简称"辨体"）中作为统一属概念的"体制"（或"体"）做出不同解释，其实质是将不同分类所依据的诗体特征直接当成了"体制"（或"体"）概念的不同内涵。最常见的是将"体制"分释为"体裁"（或"文类"）与"风格"二义，即将《诗体》一中所列四言、五言、歌行、律诗、三言、六言、九言等诗歌之"体"释为"体裁"或"文类"，同时将《诗体》二"以时而论"之"建安体""黄初体"等，《诗体》三"以人而论"之"苏李体""曹刘体"等，《诗体》四所列"选体""宫体""西昆体"等诸"体"之义释为"风格"。又有学者认为严羽所论诸"体"有"体""格""法"三义，此即是在"体裁"与"风格"二义之外，又将《诗体》五中所列"有辘轳韵者""有进退韵者""有律诗止三韵者""有

---

① 世传严羽诗论著作主要包括《沧浪诗话》及其后所附《答吴景仙书》。为表述方便，后文以《沧浪诗话》概称。

律诗彻首尾韵者"等"体"理解为诗歌之"法"①。所谓"混淆",主要表现为将《沧浪诗话》中一部分"体制"概念与"格力""气象""品"等诸多概念均释为"风格"。如前所述,将《诗体》二、三、四中所列诸"体"解作"风格",已是古代文论研究界的常规操作。与此同时,又有研究者分别将《诗辨》二("诗之法有五:曰体制,曰格力,曰气象,曰兴趣,曰音节")中的"格力"和"气象"两个概念都解释为"风格"。此外,还有研究者将《诗辨》三"诗之品"中的"品"也释为"风格"。如将上述释义集中到《诗辨》二这一则,就会出现这样一种令人错愕的语义重复与概念混淆现象:严羽所说的"体制"指"风格",所说的"格力"也是指"风格",所说的"气象"还是指"风格"。"风格"一词就这样成了《沧浪诗话》概念释义乃至古代文论概念释义的一把"万能钥匙"。

成书于南朝齐末的刘勰所著《文心雕龙》集此前文论之大成,也是集此前文体论之大成,"文体"概念的内涵和外延在《文心雕龙》中得到了充分展开:论经典文体,有《宗

---

① 郭绍虞《沧浪诗话校释》:"至沧浪此节之病,在体与格不分,格与法不分,混体格法三者而为一,故读者不易有清楚之认识。"(人民文学出版社1961年版,第100页)张健校笺《沧浪诗话校笺》(上)之《诗体》五"总说":"在宋代,体、格、法之间也有模糊之处,否则严羽也不大会将这些内容都放到诗体中来。体的义界最宽,体裁可以称体,风格可以称体,这些都不称格、法。若是形式方面的某一特征,则既可以称体,也可以称格或法,体、格、法三者在此种意义上可以相通。比如《天厨禁脔》所列的'就句对法',也可以称作格,也可以称作体。因而体在宽泛的意义上可以包括格、法。"

经》《征圣》《辨骚》诸篇；论文类之体，有《明诗》至《书记》"论文叙笔" 20 篇；论文体与作家性情之关系，有《体性》篇；论文体规范与具体创作，有《定势》篇；论文体之常与文辞之变，有《通变》篇；论文体与鉴赏批评，有《知音》篇；如此等等。至于论述文体的基本构成、强调文体内在结构的完整性和统一性，则是贯穿于《文心雕龙》大部分篇目的一项基本内容（《情采》《镕裁》《附会》诸篇尤为集中）。在《附会》篇，刘勰给了"体制"概念一个近于定义式的描述："夫才童学文，宜正体制：必以情志为神明，事义为骨髓，辞采为肌肤，宫商为声气。"[①] 刘勰从初学文章者的视角看"体制"，将"体制"的要义表述得更为地道而透彻：其一，"体制"关乎文章之本体，是对文章本体结构的直接指称，是学习文章写作的始基。其二，作为文章之本体，"体制"与为文者自身的生命本体是"同构"的，二者都是有机统一之整体，都有着具体而完整的内在生命结构。由此也可知，"体制"首先并非一个区分性概念，而是一个关乎普遍性文章本体的基础概念，表示任何一篇文章、一类文章乃至所有文章共同具有的完整统一的内在本体结构（如同一个人、

① ［南朝梁］刘勰著，范文澜注：《文心雕龙注》，人民文学出版社 1958 年版，第 650 页。原"才量学文"据《增订文心雕龙校注》（黄叔琳注，李详补注，杨明照校注拾遗，中华书局 2000 年版，第 522 页）改为"才童学文"。

一类人乃至所有人都有其完整的生命本体结构）[①]。因此之理，"体制"自然成为诸多文论家、诗论家论文评诗的着眼点和落脚处。

严羽诗论中"体制"概念的基本内涵也与前人相通。就在严羽集中实践并验证其"辨古今体制""辨诸家体制"能力的《诗评》一章中，通过共计 57 则"辨体制"式的具体批评，不仅"若辨苍素"地细致辨析、品评了汉、魏、晋、盛唐、大历、晚唐以至宋的不同诗人诗歌体制之异同，而且在行文至第 10 则时具体呈现了诗歌体制所具有的完整统一的内在结构，明确了严羽诗论中"体制"概念的一个最基本的内在特征：

> 诗有词理意兴。南朝人尚词而病于理，本朝人尚理而病于意兴，唐人尚意兴而理在其中。汉魏之诗，词理意兴，无迹可求。[②]

首先，从《诗评》一章的行文和内容来看，前 9 则辨体

---

① 如陆机《文赋》对所有文体的共同要求是"要辞达而理举"（辞与理的统一整体），对作为文类的诗体的要求是"缘情而绮靡"（真挚之情与绮靡之辞的统一整体）；又钟嵘《诗品》对五言诗体的基本要求是"干之以风力，润之以丹采"（有风力之情与有丹采之辞的统一整体），评班婕好《团扇》诗之体为"怨深文绮"（更具体的怨情与更具体的绮丽之辞的统一整体）。

② ［宋］严羽著，张健校笺：《沧浪诗话校笺》（下），上海古籍出版社 2022 年版，第 525 页。

制集中于唐诗内部不同阶段的比较以及唐诗与宋诗的比较，而从第 10 则开始，辨体制的范围扩大至汉、魏、晋、南朝、唐（分盛唐、大历、晚唐三个阶段）及宋。也就是说，《诗评》第 10 则相当于《诗评》行文过程中的一个节点，在其体制批评的范围由以唐代内部体制之辨为主扩大至更大范围（《楚辞》至宋诗）的体制之辨时，严羽有意将辨体制的标准和依据落实在更为具体明确的诗歌本体结构之上，以便于更精确地说明时间跨度非常之大的诸多不同时代诗歌体制的特征，同时也便于更准确地比较它们之间的高下得失。其次，严羽由诗体结构析出了词、理、意兴三个要素，一方面在"内在结构的完整统一"这一点上与前人的文章"体制"观相通，另一方面在具体划分方式上又体现了严羽本人的特点。这三个要素实际上是诗文作品最基本的"言—意"二分结构的变形和细分，即从诗作之"意"中再分出"理"和"意兴"两层。其中的"意兴"即《诗辨》中不止一次提到的"兴趣"和"兴致"，其理论基础是"吟咏情性"说，本质上是"情性"在诗歌中的一种具体表现，严羽视其为诗体的标志性因素。至于"理"则是一种具有双重性和矛盾性的诗体结构因素，严羽一方面反对在诗中直接议论、说理，另一方面也能接受与"兴趣"或"意兴"融为一体的"理"，这应该是他对宋诗说理之风积极扬弃后所提炼出的一种具有折衷性质的诗歌体制观。

综言之，在严羽的《沧浪诗话》中，"体制"概念是指包含内在完整结构的诗歌本体存在。体制的这一基本内在规定构成了严羽"辨尽诸家体制"的基础，也是其《诗体》一章汇集诸种体制分类的基础。

第二节
《沧浪诗话》中"体制"内涵的统一性

　　在中国古代文体论的内在结构中，首先是作为文章或诗作完整而具体的本体存在的文体观或体制观，然后才是各种形式的文体或体制分类；前者构成了文体和体制观念的"第一义"，后者是文体和体制观念在不同维度及不同层面的具体表现和展开。《沧浪诗话·诗体》之所以能围绕"体制"形成如此多不同角度的辨析和区分，恰恰是因为"体制"关乎诗作完整具体的本体存在：因为作为诗作整体的"体制"包含着一般诗类特征，所以可依据诗类特征将诗歌体制分为"四言体""五言体""乐府体""七言体"等（如《诗体》一所列）；因为作为诗作整体的"体制"包含着不同时代的艺术特征，所以可依据时代特征将诗歌体制分为"建安体""太康体""盛唐体""晚唐体"等（如《诗体》二所列，不过"以时而论"说到底仍是"以人而论"）；因为作为诗作整体的"体制"包含着不同作者的艺术特征，所以可依据作者特征将诗歌体制分为"曹刘体""太白体""后山体""山谷体"等（如《诗体》三所列）；因为作为诗作整体的"体制"包含着不同诗人群体或流派的艺术特征，所以可依据群体或流派艺术特征将诗歌体制分为"选体""西昆体""玉台体""宫体"等（如《诗体》四所列）；又因为作为诗作整体的"体制"包含着各种具体而微的句式特征、音律特征、声韵特征、字词技巧特征、结构特征、题材特征等，所以还可依据这些具体而微的特征对诗歌体制做出更细致繁杂的区分（如《诗体》五和《诗体》六所列）。

结合《诗体》文献层面的一些细节，可进一步印证《沧浪诗话》中"体制"概念基本内涵和用法用义的统一性。

首先，《诗体》一章除了大多使用"×体""××体"这种"种差＋属概念"的称名形式以体现"体"概念的统一性之外，严羽本人还在多条自注中屡次直接使用"体制"一词。《诗体》四云："又有所谓选体。选诗时代不同，体制随异，今人例谓五言古诗为选体，非也……其他体制，尚或不一，然大概不出此耳。"[1] 第一处"体制"就"选体"而言，第二处"体制"则是对所列"选体""柏梁体""玉台体""西昆体""香奁体""宫体"及其他未列类似诸体的统一指称，可知严羽所说的"×体""××体"中的"体"也即"体制"。又《诗体》六"论杂体"条最后一句自注"虽不关诗

---

① ［宋］严羽著，张健校笺：《沧浪诗话校笺》（上），上海古籍出版社 2022 年版，第 247—254 页。

之重轻，然其体制亦古"，显然是对本条所列"风人""藁砧""五杂俎""盘中""回文""反覆""离合"等诸种"杂体"的总评。① 如果将《诗体》中的这两则材料与《诗辨》第2则（"诗之法有五：曰体制，曰格力，曰气象，曰兴趣，曰音节"）、《诗法》第19则（"荆公评文章，先体制而后文之工拙"）、《考证》第16则（"予谓此篇诚佳，然其体制、气象，与渊明不类"）等联系起来通而观之，当更能看出《沧浪诗话》中"体制"概念的前后统一性。

其次，《诗体》中那些被学界习惯于解释为"风格"的"建安体""太康体""永明体""元和体"等名目中的"体"，实际上都是指"诗"或"诗体"，而"诗"或"诗体"本即是一种整体性指称。如严羽在"建安体"下自注"曹子建父子及邺中七子之诗"，在"正始体"下自注"嵇、阮诸公之诗"，在"太康体"下自注"左思、潘岳、二张、二陆诸公之诗"，在"元嘉体"下自注"颜、鲍、谢诸公之诗"，在"永明体"下自注"齐诸公之诗"，在"盛唐体"下自注"景云以后，开元、天宝诸公之诗"，在"大历体"下自注"大历十才子之诗"。其中所列"元和体"，元稹本人在《上令狐相公诗启》中即采纳当时人的说法称为"元和诗体"②。其后

① ［宋］严羽著，张健校笺：《沧浪诗话校笺》（上），上海古籍出版社2022年版，第373—400页。
② ［唐］元稹撰，冀勤校点：《元稹集》下册，中华书局1982年版，第632—633页。

清代冯班《严氏纠谬》亦云"当时（按指唐大历年间）以和韵长篇为元和体"①，也无今人以"体"为"风格"之意。

最后，在不少阐释者那里，将以人而论的"陶体""谢体""徐庾体""太白体""少陵体""东坡体""山谷体"等名目中的"体"解释为"风格"，似乎更是一件自然而然的事，不过此亦洵非古人之意。以"谢体"为例，《南齐书·武陵昭王晔传》载："与诸王共作短句诗，学谢灵运体以呈，上曰：见汝二十字，诸儿作中，最为优者。但康乐放荡，作体不辨有首尾。安仁、士衡，深可宗尚，颜延之抑其次也。"②前言"谢灵运体"，后言其"作体不辨有首尾"，可见"谢灵运体"应是指其首尾俱全的诗作之整体，而非仅指其诗歌之"风格"。另外，在古代诗论中，这些"以人而论"名目之"体"与前述"以时而论"名目之"体"的用义一样，其实也皆为"诗体"之简称。杨万里的《诚斋诗话》中有一节可反映当时人关于此类名目之"体"的完整说法：

> "问余何意栖碧山，笑而不答心自闲。桃花流水杳然去，别有天地非人间。"……此李太白诗体也。"麒麟图画鸿雁行，紫极出入黄金印。"又："白

---

① ［清］冯班著，何焯评：《钝吟杂录》，中华书局1985年版，第68页。
② ［南朝梁］萧子显撰：《南齐书》，中华书局2019年版，第695页。

摧朽骨龙虎死，黑入太阴雷雨垂。"……此杜子美
诗体也。"明月易低人易散，归来呼酒更重看。"又：
"当其下笔风雨快，笔所未到气已吞。"……此东坡
诗体也。"风光错综天经纬，草木文章帝杼机。"又
"涧松无心古须鬣，天球不琢中粹温。"……此山谷
诗体也。①

所谓"太白体"具体来说即是"李太白诗体"，并非仅
指"太白之风格"；所谓"少陵体"具体来说即是"杜子美
诗体"，并非仅指"少陵之风格"；所谓"东坡体"具体来说
即是"东坡诗体"，并非仅指"东坡之风格"；所谓"山谷体"
具体来说即是"山谷诗体"，并非仅指"山谷之风格"。由此
可知，此种辨体名目之"体"，与其他诸种体制分类名目之
"体"，说到底都指"诗体"，其用义并无所谓"体—格—法"
之别——不管辨体之角度及命名之依据有多少差异，其着眼
点都是落在"诗体"上，都是在对"诗体"进行具体分类及
称名。

---

① 丁福保辑：《历代诗话续编》（上），中华书局1983年版，第137页。

第三节 ⋮
诗歌体制论与《沧浪诗话》其他诗论概念 ⋮

　　认识到严羽诗歌体制论的内在统一性及其核心概念的基
本内涵，便可进一步廓清严羽诗论研究中的诸多模糊影响之
说，从而将有关《沧浪诗话》系列诗论概念及理论体系的阐
释建立在坚实而明朗的学理基础之上。

　　这首先有助于解读者透过《沧浪诗话》中"禅喻"式表
层修辞，把握其所对应的诗学本体概念。古人评诗论文好用
譬喻，其意本是为了将文理和诗道解释得亲切易明，但后人
在解读时却往往见筌忘鱼，即纠缠于喻义本身而忽略了喻旨
所在。从《沧浪诗话》的话语结构来看，实际可分为表里两
个层面：其表层话语即是沧浪借以为喻的种种禅学言语，如
"大小乘""第一义""第二义""妙悟""熟参""识""入门
须正""向上一路""单刀直入"等，而其里层话语则是"诗
道""体制""兴趣""格力""气象""词理意兴"等地道本
色的诗学概念和相关评论。解者倘若纠结于其"禅喻"本身，

就不免会责其"漫漶颠倒"（冯班《严氏纠谬》）[①]，讥其"几同无字天书"（钱钟书《谈艺录》）[②]，但若自其"脚根点地处"（严羽《答吴景仙书》）反观其"禅喻"，则不难看出上述"妙悟""熟参""识"等禅家语皆着眼于"诗道"而落脚于"体制"：所谓"大小乘""第一义""第二义"云云，乃是譬喻历代诗歌"体制"之高下优劣；所谓"妙悟"，是指通过诗歌"体制"表现出来的诗人的诗学智慧；所谓"熟参"，是指对历代诗歌"体制"长期、广泛而深入的阅读和精细比较的过程，目的在于养成"透彻之悟"的能力；所谓"识"，是指能够鉴识第一流诗歌体制并师法之的能力。

更为重要的是，在体制论视野中，《沧浪诗话》中诸多诗论概念可以获得更明确的语境定位和更准确的内涵定性。《诗辨》二云：

> 诗之法有五：曰体制，曰格力，曰气象，曰兴
> 趣，曰音节。[③]

从《诗辨》及《沧浪诗话》的整体结构来看，这一小节实在很关键：它一方面紧承上文，使严羽在《诗辨》第一节

---

① ［清］冯班著，何焯评：《钝吟杂录》，中华书局1985年版，第65页。
② 钱钟书：《谈艺录》（补订本），中华书局1984年版，第100页。
③ ［宋］严羽著，张健校笺：《沧浪诗话校笺》（上），上海古籍出版社2022年版，第85页。

密集抛出的"妙悟""熟参""识"等禅喻式话语，很快即找到了具体实在的诗体结构层面；另一方面它又为后文围绕"体制"展开的具体论述、批评和考证，提供了一个坚实明确的诗学观念平台和一系列相关术语。

从诗歌自身来看，严羽为什么在已包含了诗作整体结构的"体制"之外，还要论及"格力""气象""兴趣""音节"等具体因素？《沧浪诗话》日译学者市野泽寅雄曾就"体制"与"格力"的关系做过一种解释，对整体理解这组概念的关系颇有启发意义，他说："格力是将体制带到表面的力量。从内在的诗情可以见出，从语言的表达方式及用字的强弱上也能见出。"[①] 其中"格力是将体制带到表面的力量"这句话，别具只眼地道出了存在于"体制"与"格力"之间的一种动态转化的关系，即"格力"不是一种外在于"体制"并与之并列的因素，而是"体制"自身内在力量的一种表现。循其思路做进一步思考，不难发现"气象""兴趣""音节"这三个要素也可视为"体制"自身内在艺术力量的外在表现。"体制"作为诗作完整而具体的本体存在，是一切具体艺术表现的结构基础，也是一切具体诗歌创作的基本要求，故严羽以之居首；后面的"格力""气象""兴趣""音节"4 个要素，

---

① ［日］市野泽寅雄译著：《沧浪诗话》，明德出版社 1976 年版，第 34 页。原文为"格力——前述的体製を表面に持ち出す力。内面の詩情にも語の出し方、使う字の強さ弱さにも見られる。"汉语译文引自［宋］严羽著，张健校笺：《沧浪诗话校笺》（上），上海古籍出版社 2022 年版，第 88—89 页。

从根本上来说也并非在"体制"之外，它们是诗歌创作在具备"体制"内在完整统一的基础上所追求的对其内在结构和力量的更为充分的艺术表现。要言之，"格力"以诗意为本，是诗中整体思想情感所表现的精神力量；"气象"以诗象为本，是诗体所呈现的自然雄浑的整体艺术形象；"兴趣"以诗情为本，是诗体所表达的自然感发、含蓄蕴藉的情致和意趣；"音节"以诗语为本，是诗体中充分韵律化、表意化的艺术语言。下面主要就"格力""气象""兴趣"3个概念分论之。

"格力"与诗中之"意"紧密相关，自其"体"视之曰"意"，自其"用"言之则曰"格力"。如旧题王昌龄撰《诗格》云："格，意也。意高为之格高，意下为之下格。"① 又云："凡作诗之体，意是格，声是律，意高则格高，声辨则律清，格律全，然后始有调。"② 即已从"诗之体"结构层面明确"意是格，声是律"，而且强调"格"之高下直接取决于"意"之高下。后世论"格力"者也多直接表明"格力"与"意"的一体关系。如元稹《唐故工部员外郎杜君墓系铭序》云："宋齐之间……文章以风容、色泽、放旷、精清为高，盖吟写性灵、流连光景之文也。意义格力，无取焉。"③ 将"意义"

---

① 旧题王昌龄撰《诗格》卷上《调声》，见张伯伟撰：《全唐五代诗格汇考》，凤凰出版社2002年版，第148页。
② 旧题王昌龄撰《诗格》卷上《论文意》，见张伯伟撰：《全唐五代诗格汇考》，凤凰出版社2002年版，第160页。
③ ［唐］元稹撰，冀勤点校：《元稹集》下册，中华书局1982年版，第600页。

与"格力"合称，明显有强调之意。又如胡仔《苕溪渔隐丛话》前集卷十三引《蔡宽夫诗话》云："诗语大忌用工太过，盖炼句胜则意必不足，语工而意不足，则格力必弱，此自然之理也。"[1]指出"意不足"与"格力弱"之间的因果关系，也表明"意"当为"格力"之本。同时，"格力"又是对"意"的进一步具体规定，体现了诗歌艺术表达对"意"的更高要求，具体说即是要求诗中之"意"宜高不宜卑，宜壮不宜弱。

正是在这个意义上，"格力"与"风力""骨力""风骨"等概念内涵近乎完全相通。如前引元稹的《唐故工部员外郎杜君墓系铭序》先批评南朝宋齐文章"意义格力无取"，后批评初唐之诗"律切则骨格不存"，"格力"与"骨格"其词稍异，其义则一。又如《苕溪渔隐丛话》所引《诗眼》语先称建安诗"格力遒壮"，后又赞其"得风雅骚人之气骨"，"格力"与"气骨"也是同义相应。同时也就不难发现严羽《诗辨》所说"格力"与其《诗评》一三（"黄初之后，惟阮籍《咏怀》之作，极为高古，有建安风骨"）和《诗评》一八（"顾况诗多在元、白之上，稍有盛唐风骨处"）两处所说"风骨"之间的前后呼应关系。而从古代文论史来看，无论是刘勰《文心雕龙·风骨》篇所说的"风力遒""蔚彼风力"，还

---

① ［宋］胡仔纂集，廖德明校点：《苕溪渔隐丛话·前集》，人民文学出版社1962年版，第85页。

是钟嵘《诗品》所说的"干之以风力""建安风力""左思风力",抑或是陈子昂《修竹篇序》所说的"建安风骨",都是指一种由诗文中的真情实感和高情远志所体现出的艺术化的生命力量。①

如果说"格力"主要关乎诗歌的整体立意（抒情言志），那么"气象"就主要关乎诗歌中的整体艺术形象；如果说"体制"表示一种可进行具体结构分析的诗作整体，那么"气象"就是将"体制"这种可分解的艺术整体结构转化为一种毋须分解的整体诗歌形象；如果说辨"体制"是对诗歌作品的一种近距离细察和分析，那么辨"气象"就是对诗歌作品的一种远距离观照和感受。在"气象"概念里，"体制"的具体构成要素混化为充盈于整个作品的"元气"和"生气"，而一切刻意的雕琢和显露的技巧，一切逞才炫博的用字、用事和造句，等等，都会显得与"气象"格格不入。故严羽《诗评》谓"汉魏古诗，气象混沌，难以句摘"②，又谓"建安之作，全在气象，不可寻枝摘叶"③，又谓"唐人与本朝人诗，未论工拙，直是气象不同"④。与此同时，以"气象"论诗与

---

① 明人何良俊在《四友斋丛说》卷二十四"诗一"中明言"风骨本于性情"，"风骨正是性情"。（见［明］何良俊撰：《四友斋丛说》，中华书局 2017 年版，第 213 页）关于"风骨"概念的阐释可参考拙文《六朝文体观重解与诸"风骨"说内涵辨正——从刘勰、钟嵘到陈子昂》，《文化与诗学》2014 年第 2 辑。
② ［宋］严羽著，张健校笺：《沧浪诗话校笺》（下），上海古籍出版社 2022 年版，第 533 页。
③ ［宋］严羽著，张健校笺：《沧浪诗话校笺》（下），上海古籍出版社 2022 年版，第 550 页。
④ ［宋］严羽著，张健校笺：《沧浪诗话校笺》（下），上海古籍出版社 2022 年版，第 515 页。

以"风力""气骨""风骨"等论诗一样，皆以雄壮有力为上。如苏轼论为文"当使气象峥嵘"[①]，姜夔《白石道人诗说》云"（诗作）气象欲其浑厚"[②]，叶梦得《石林诗话》卷下论七言诗体也以"气象雄浑"[③]为难得。至于严羽本人既在《答吴景仙书》中称赞"盛唐诸公之诗，如颜鲁公书，既笔力雄壮，又气象浑厚"[④]，又在《诗评》中以"建安风骨""建安气象""盛唐风骨"与"盛唐气象"并提，将"气象"之雄浑与"风骨"之刚健完全贯通。

从诗体的基本结构来说，"兴趣"与"格力"都属于诗中之"意"的范畴，所以当严羽着眼于诗体构成要素（"诗有词理意兴"）时用的即是"意兴"这个词。但是"兴趣"与"格力"的侧重点明显不同，"格力"突出的是整体诗意所表现的艺术力量，而"兴趣"（或"意兴""兴致"）强调的是诗中之"意"的特殊性质和内涵。因此相较于另外3个因素，"兴趣"是最关乎诗体本质规定性的一个因素，也是严羽"辨体制"和"辨家数"的关键所在。

"兴趣"在诗歌体制中的特殊性质和意义，也使之更容易处于不同体制观冲突的前沿，而事实上在严羽"兴趣"说

---

① ［清］何文焕辑：《历代诗话》上，中华书局1981年版，第348页。
② ［清］何文焕辑：《历代诗话》下，中华书局1981年版，第680页。
③ ［清］何文焕辑：《历代诗话》上，中华书局1981年版，第432页。
④ ［宋］严羽著，张健校笺：《沧浪诗话校笺》（下），上海古籍出版社2022年版，第770页。

提出并展开的过程中，即始终伴随着一种强烈的对立和紧张。冲突的一方主要是来自"江西诗派"流弊（"以文字为诗，以才学为诗，以议论为诗""多务使事，不问兴致""尚理而病于意兴""叫嚣怒骂"等）的挑战和破坏；冲突的另一方则是严羽本人对传统"吟咏情性"说的坚守和发扬。观其所论，先是"别材别趣"与"书"（用事）、"理"（议论）的对立：

> 夫诗有别材，非关书也；诗有别趣，非关理也。然非多读书，多穷理，则不能极其至。所谓不涉理路、不落言筌者上也。（《诗辨》七）

接着是"情性""兴趣""兴致"与"文字""才学""使事""议论"的对立：

> 诗者，吟咏情性也。盛唐诸人，惟在兴趣，羚羊挂角，无迹可求。故其妙处，透彻玲珑，不可凑泊，如空中之音，相中之色，水中之月，镜中之象，言有尽而意无穷。
>
> 近代诸公乃作奇特解会，遂以文字为诗，以才学为诗，以议论为诗。夫岂不工，终非古人之诗也。盖于一唱三叹之音，有所歉焉。且其作多务使事，

不问兴致；用字必有来历，押韵必有出处；读之反
覆终篇，不知着到何在。(《诗辨》七)

在具体批评中又凸显了宋朝诗体与唐人诗体在"意兴"
与"理"关系上的对立：

诗有词理意兴。南朝人尚词而病于理，本朝人
尚理而病于意兴，唐人尚意兴而理在其中。汉魏之
诗，词理意兴，无迹可求。(《诗评》一〇)

从这些具体论述看来，也可说正是严羽所处宋代的现实
诗学语境和问题激发了传统"吟咏情性"说的理论活力，并
促使严羽在"情性"说的基础上申发出了"兴趣"说。明乎
此，一方面可将"兴趣"概念的释义落到实处，而不易陷人
执末失本的误区，另一方面也不至于直接将"兴趣"与"情
性"完全等同，而是能细察到"兴趣"说的具体内涵与严羽
所处的特殊诗学语境紧密相关，是"吟咏情性"说在宋代具
体诗学语境中的适变和演化。相较于"情性"，"兴趣"在生
成机制上更强调情志自然感发的性质和力量（兴），在艺术
效果上更讲究词理意兴自然浑成所带来的含蓄蕴藉和耐人寻
味（趣），所谓"羚羊挂角"，"镜中之象"，即是对这种艺术
效果的一种禅学之喻。

第四节 ∶
诗歌体制论视野中的《沧浪诗话》的整体结构 ∶

　　在辨析"体制"概念内涵、厘清"体制"与诸概念关系的基础上，可以对《沧浪诗话》的整体结构生发一种贯通性的理解。

　　据元刊本《沧浪严先生吟卷》（三卷本），严羽诗论的第一部分为《诗辨》，共有7个小节。第一节集中了严羽"以禅喻诗"方面的内容，依次提出了"诗道""妙悟""熟参""以识为主""工夫""熟读"等概念和命题。其中"诗道"是这一小节的中心话题，"妙悟"则是"诗道"的具体体现，而"熟参""以识为主""工夫""熟读"等则是"妙悟"养成的具体途径和方式。值得注意的是，在严羽看来，"妙悟"的深浅与分限（如"有透彻之悟，有一知半解之悟"）对应着不同时代的诗作，"熟参""以识为主""工夫""熟读"等也有赖于对历代诗歌作品的阅读和辨析："熟参"的对象是汉魏晋至唐宋的历代大部分诗人诗作；"以识为主"则是在广泛"熟参"的基础上区分历代诗作的高下优劣，强调"以汉、魏、晋、盛唐为师，不作开元、天宝以下人物"；而"工夫"和"熟读"的对象则进一步集中于《楚辞》《古诗十九首》、李杜及盛唐名家之诗等第一流诗作，其目的是养成"透彻之悟"。

如果说"诗道"一节是从宏观历史层面强调辨识历代诗人诗作高下优劣的重要性，那么第二节论"诗法"即是从微观层面进一步说明如何将辨识历代诗作的高下优劣落实到诗歌作品的具体结构。在"体制""格力""气象""兴趣""音节"5个诗体结构的要素中，"体制"是本体，是基础；"格力""气象""兴趣""音节"是在"体制"基础上生成的更加具体、更加突出的因素。再从第二、三节至第七节的关系来看，第二节所论以"体制"为基础的"诗之法"，又构成了以下几节展开的基础。其中第三节"诗之品有九"（"曰高，曰古，曰深，曰远，曰长，曰雄浑，曰飘逸，曰悲壮，曰凄婉"）紧承第二节，并非如学界习惯理解的那样是论9种诗歌"风格"，而应是辨识、区分并总结9种类型的诗歌"体制"[1]。接下来的第四节"其用工有三：曰起结，曰句法，曰字眼"，乃是从诗篇结构、句法和字法3个层面说明诗歌"体制"的结构方法。至于第五节"其大概有二：曰优游不迫，曰沉着痛快"的语意和语气，显然也是直接承第三节而来的，

---

[1] 严羽在《答吴景仙书》中强调"雄浑悲壮"一语才"得诗之体"，即是将此处的"雄浑"与"悲壮"两品合而言之，结合其本人的这两处表述相互参看，可见此处之"品"即指"体制"之品类，与钟嵘《诗品》将五言诗体分为上中下三品同理。

是在前面详列的 9 种"体制"品类的基础上，进一步将"体制"品类概括为最为基本的两类（其背后有阴柔与阳刚二分对待思维）。同理，第六节"诗之极致有一：曰入神"又在第五节二分式概括的基础之上，指出诗歌"体制"所能达到的最高境界，并以李杜之诗作为"入神"诗歌"体制"的典范。第七节主要是针对第二节"诗之法"所强调的"兴趣"这一诗体要素做进一步发挥，并以"兴趣"为标准，详细评骘、比较盛唐之诗体与近世之诗体，与《诗辨》第一节关于历代诗人诗作的辨析首尾呼应，从更具体内在的"体制"层面着眼，明确盛唐诗体的卓杰品质和典范地位。

综上可见，在含有 7 个小节内容的《诗辨》中，第二节所论以"体制"为基础的诗体结构要素，在《诗辨》的行文脉络和整体结构，处于承上启下的关键位置——既是首节辨析历代诗人诗作的具体落脚点，又是后几节围绕"体制"做进一步展开和申发的基础和起点。另外，《诗辨》在体例和内容上都明显有异于那些滥觞于欧阳修《六一诗话》的资闲谈类诗话著作，它是一篇主旨明确、结构完整的诗论作品，而且具有鲜明的论辩性质，严羽本人也颇为看重这篇作品。这样一篇诗论，其思路展开是有条理和层次的，其内容安排是经过慎重考虑的。严羽在第一节借禅说诗后，即以论诗体结构一节相承，从论诗方法来看即是从借他者为喻转向作品自身和诗之本体，从而将第一节整体性的历史观照落实到诗体层面，同时也符合其以"妙悟"解"诗道"的旨趣（不假外求，直指人心）。而在诗体结构诸要素中又以"体制"居首，体现了以"体制"统"格力""气象""兴趣""音节"之意。

在《沧浪诗话》5个部分中，《诗辨》为纲，《诗体》《诗法》《诗评》《考证》为目，而从诗歌体制论的角度看，其间纲与目的关系更为明显。分言之，《诗体》一章是诗歌体制在外延维度的充分展开，具体表现为各种角度的诗体分类和辨析，而在分类和辨析中，诗歌体制的内在结构和特征也呈现得更加丰富和精微。《诗法》一章以除"俗体"开篇，又以"辨家数"（"家数"是从诗作者角度称"体制"）收结，而中间细数种种诗法，也都不离诗之"体制"。《诗评》一章是严羽辨体制、辨家数的具体实践，也是对其自诩的"辨家数若辨苍白"能力的自我验证，虽大多为三言两语，然皆着眼于诗作体制本身，其间屡屡论及气象、风骨、意兴、句法、声韵等诗体要素，与《诗辨》第二节遥相呼应。至于《考证》一章也主要是根据作品自身的体制、气象、用语等考证其真伪，而很少像其他考证类著作那样重视版本比较、诗集流传、作者生平等文献方面的证据。

## 研讨专题

1.为什么说"体制"是严羽《沧浪诗话》的核心概念？严羽是在什么意义上使用"体制"概念的？他所说的诗歌

"体制"是否等同于狭义的"体裁"?

2. 严羽所说的"兴趣"说与传统诗论中的"吟咏情性"说是什么关系?"兴趣"说体现了什么样的诗歌文体特征?"兴趣"说是针对哪些诗体之弊提出来的?严羽所说的"兴趣"是指"理趣"吗?

3. 严羽所说的"体制"与"格力""气象""兴趣""音节"是什么关系?这些概念具体反映了诗体的哪些特征?

4. 如何理解严羽的"以禅喻诗"?如何看待后世对严羽"以禅喻诗"的各种批评?

## 拓展研读

1. [宋] 严羽著, 胡才甫笺注:《沧浪诗话笺注》, 中华书局 1937 年版。

2. [宋] 严羽著, 郭绍虞校释:《沧浪诗话校释》, 人民文学出版社 1983 年版。

3. [宋] 严羽著, 张健校笺:《沧浪诗话校笺》(全二册), 上海古籍出版社 2022 年版。

4. 张健:《沧浪诗话研究》, 台北五南图书出版公司 1966 年版。

5. 吴调公:《神韵论》, 人民文学出版社 1991 年版。

6. 龚鹏程:《诗史本色与妙悟》, 台北学生书局 1992 年版。

# 第八章

*/Chapter 8/*

## 诗体与情景

• • • • • • • •

　　王夫之的诗歌"情景"论是中国古代诗学中"心物"关系论发展至成熟精致的形态，其中包含"景生情，情生景"说、"景中情，情中景"说、"微景广情"说、"圜中象外"说、"乐景写哀，哀景写乐"说等丰富内容，这些"情景"论内容又与王夫之的基本哲学思想和方法紧密相关，呈现出"体用相函"的特点。因此，将王夫之的诗歌"情景"论与其哲学思想联系起来，是理解其"情景"论诗学内涵的必要方法。

第一节 •
王夫之的"性性""物物"思想与其情景关系论 •

王夫之继承并深化了张载以"元气氤氲论"为哲学基础的"民胞物与"的自然观和社会观。其《张子正蒙注》卷二云："性性，于所性之理安焉而成乎性，不为习迁也；物物，因物之至，顺其理以应之也。性性，则全体天德而神自存；物物，则应物而各得其理。"① 这是王夫之情景观的哲学基础。"性性"，意为顺乎人性之理而养成其性，不随习迁移，无所准依，无所止泊。依性养性，才能保全天所赋予人的纯善之质，才能成就自己的人性和人格。"物物"，意为在处理人物关系时，充分尊重事物的内在之理，体现事物的本有特征。其之所以能够如此，是因为在王夫之看来，人性与物性同样受之于天，为元气运化而成，二者在根本上是平等的，一体的。"性性"和"物物"的统一，也即内在自然（自由）与外在自然的统一。

"性性"与"物物"的关键是处理好心与物的关系，而

---

① ［清］王夫之：《张子正蒙注》，中华书局 1975 年版，第 79 页。

心物关系的主导仍在人心。其《庄子通·天运篇注》云:"天下之用心用物者,不出两端:或师其成心,或随物而移意……夫两者不可据,而舍是以他求,则愈迷。是以酌中外之安,以体微而用大者,以中裁外,外乃不淫;虚中受外,外乃不窒。治心物者,虽欲不如是而奚可?"①王夫之把心物关系的两种极端情况概括为"或师其成心,或随物而移意",而理想的心物关系则是"酌中外之安,以体微而用大",即中心与外物各全其性,各安其理,如此方能体察其精微,发挥其大用。而运用之妙,则存乎一心:一方面应"以中裁外,外乃不淫";另一方面又应"虚中受外,外乃不窒"。"以中裁外"即以人性、道德为律,对外物有所取舍,有所节制,规范之,条理之,使人心不致被外物惑乱,逐物不返。"虚中受外"则可防止外物之理不被私意所蔽,被己情所窒,使人心成为外物之鉴,成为物态的呈现之地、物理的发见之所。

在诗歌创作中,王夫之的"性性""物物"思想体现在"相值相取""相为珀芥""即景会心""现量"等说法中。如《诗广传》卷四论《大雅·灵台》云:"天不靳以其风日而为人和,物不靳以其情态而为人赏,无能取者不知有尔。'王在灵囿,麀鹿攸伏','王在灵沼,于牣鱼跃'。王适然而游,

①[清]王夫之:《老子衍·庄子通·庄子解》,中华书局2009年版,第59页。

鹿适然而伏，鱼适然而跃，相取相得，未有违也。"①物木无心，人亦无意，二者适然相遇，相取相得。《诗广传》卷二论《豳风·东山》云："有识之心而推诸物者焉，有不谋之物相值而生其心者焉。知斯二者，可与言情矣。天地之际，新故之迹，荣落之观，流止之几，欣厌之色，形于吾身以外者化也，生于吾身以内者心也；相值而相取，一俯一仰之际，几与为通，而浡然兴矣。"②造化与内心不谋而合，随遇而兴，相值相取而不知其所以至者，才是诗歌表达情感的独特方式。因此，王夫之特别欣赏"以写景之心理言情"之作，认为景物更能将"身心中独喻之微，轻安拈出"③。《古诗评选》卷五评谢庄《北宅秘园》云："两间之固有者，自然之华，因流动生变而成其绮丽。心目之所及，文情赴之；貌其本荣如所存而显之，即以华奕照耀，动人无际矣。"④一再强调诗人所写应为"心目所及"之物，应如实描写其本然之姿，显现其存在状态。如此，即可产生"动人无际"的效果。

　　"性性""物物"是王夫之评价诗歌中心与物、情与景关系的一个重要的基本原则。为了突出这一原则，王夫之对有些诗作的批评近乎苛刻。如《古诗评选》陶潜《癸卯岁始春

①　［清］王夫之:《诗广传》，中华书局1964年版，第121页。
②　［清］王夫之:《诗广传》，中华书局1964年版，第68页。
③　［清］王夫之著，戴鸿森笺注:《姜斋诗话笺注》，人民文学出版社1981年版，第91页。
④　［清］王夫之评选，张国星点校:《古诗评选》，河北大学出版社2008年版，第259页。

怀古田舍》评语："陶此题凡二作，其一有云'平畴交远风，良苗亦怀新'，为古今所共欣赏。'平畴交远风'信佳句矣，'良苗亦怀新'乃生人语。杜陵得此，遂以无私之德横被花鸟，不竞之心武断流水，不知两间景物关至极者，如其涯量亦何限！而以己所偏得非分相推，'良苗'有知，宁不笑人之曲诹哉？通人于诗，不言理而理自至，无所枉而已矣。"①"良苗亦怀新"被批为"生人语"，即因为"怀新"一语稍有情感色彩；而杜甫《后游》诗中的"江山如有待，花柳更无私"（"花柳"被王夫之误记为"花鸟"）与《江亭》中的"水流心不竞，云在意俱迟"二联，也因为以物拟人，移情于物，被斥为"以无私之德，横被花鸟，不竞之心，武断流水"。在王夫之眼中，陶、杜这几句诗都属于"以己所偏得非分相推"，既背物理，也碍人情。另外，比较王夫之对杜甫同一诗句的不同评价也能看出他的诗学倾向。《唐诗评选》卷三评杜甫《喜达行在所》云："悲喜亦于物显，始贵乎诗。'影静千官里'，写出避难仓皇之余，收拾仍入衣冠队里一段生涩情景，妙甚。"②这里单评"影静千官里"一句，称其因"悲喜亦于物显"，所以可贵。而在《诗译》第四则《采薇》评语中，又另有一番评价："'昔我往矣，杨柳依依；今我来

---

① ［清］王夫之评选，张国星点校：《古诗评选》，河北大学出版社 2008 年版，第 226 页。
② ［清］王夫之评选，任慧点校：《唐诗评选》，河北大学出版社 2008 年版，第 134 页。

思，雨雪霏霏’。以乐景写哀，以哀景写乐，一倍增其哀乐。知此，则‘影静千官里，心苏七校前’，与‘唯有终南山色在，晴明依旧满长安’，情之深浅宏隘见矣。况孟郊之乍笑而心迷，乍啼而魂丧者乎?”[①]与《采薇》卒章四句情景描写的"深""宏"相比，杜诗的"影静千官里，心苏七校前"与李拯《退朝望终南山（黄巢乱后，车驾还京作）》中的"唯有终南山色在，晴明依旧满长安"却显得"浅""隘"，原因即在于后两首诗句有意以景物迎合诗人自己的悲欢之情。至于孟郊因落第而云"榜前下泪，众里嫌身"（非孟郊语，系王夫之误记）[②]，中榜则吟"春风得意马蹄疾，一日看尽长安花"[③]，心系科第，情溺得失，自然就更显得性情褊狭，志量浅薄，为王夫之所不喜。[④]

因此，王夫之尤其推崇那种"宾主镕合一片""心物互藏其宅"的情景相融而莫分的诗作或诗句。如他以杜甫诗句与岑参诗句比较："‘影静千官里，心苏七校前’，得主矣，尚

---

① ［清］王夫之著，戴鸿森笺注:《姜斋诗话笺注》，人民文学出版社 1981 年版，第 10 页。

② ［清］王夫之著，戴鸿森笺注:《姜斋诗话笺注》，人民文学出版社 1981 年版，第 11 页。

③ 言出李廓《落第》:"榜前潜制泪，众自嫌身。气味如中酒，情怀似别人。暖风张乐席，晴日看花尘。尽是添愁处，深居乞过春。"据《姜斋诗话笺注》卷三《南窗漫记》第十四则注。

④ 《读四书大全说》卷二云:"以孟郊之文，登一进士，亦岂其不当得? 乃未得之时，则云‘榜前下泪，众里嫌身’，既视为几幸不可得之事;迨其既得，而云‘春风得意马蹄疾，一日看遍长安花’，其欣幸无已，如自天陨者然。"

有痕迹。'花迎剑佩星初落'，则宾主历然，镕合一片。"① 他在《唐诗评选》中称赞杜诗"影静千官里"一句"妙甚"，但此处又认为与岑参诗句"花迎剑佩星初落"相比"尚有痕迹"，而岑参诗句则是"宾主历然，镕合一片"，通过比较对诗作中宾与主、景与情的关系提出了更高标准。岑参诗句出自其诗作《和贾至舍人早朝大明宫之作》："鸡鸣紫陌曙光寒，莺啭皇州春色阑。金阙晓钟开万户，玉阶仙仗拥千官。花迎剑佩星初落，柳拂旌旗露未干。独有凤凰池上客，《阳春》一曲和皆难。"贾至作《早朝大明宫》之后，王维、杜甫等诗人多有唱和，岑参此诗是其中一首。诗作主要描绘上朝时的庄严华贵，全诗围绕"早""朝"二字展开，以"花迎剑佩"一联为例，"星初落""露未干"皆切"早"。王夫之在《唐诗评选》中评此诗亦云："毛诗'庭燎有辉''言观其旗'以状夜向晨之象，景外独绝。千载后乃得'花迎剑佩'一联，星落乃知花之相迎，旌之拂柳也。"② 此外，本联也透露出"朝"的一面，"剑佩""旌旗"皆切"朝"。如果说"早"所显现出来的主要还是一种"晨景"，那么"剑佩""旌旗"等与"朝"有关的物事，则暗示官员上朝时所表现出来的"庄严""凝重"的独有情态。然而这一层情味不是明言的，而

① ［清］王夫之著，戴鸿森笺注：《姜斋诗话笺注》，人民文学出版社 1981 年版，第54 页。
② ［清］王夫之评选，任慧点校：《唐诗评选》，河北大学出版社 2008 年版，第206 页。

是寓于景中，融于景中，不着痕迹，故王夫之称其为"宾主历然，镕合一片"。

可见在王夫之看来，"宾主不分"更多体现在"景显情隐"的"景语"当中，这是王夫之对诗歌的一种最高要求。王夫之还有一系列与此观念相通的评语，如他评岑参《首春渭西郊行呈蓝田张二主簿》："景者情之景，情者景之情。"[①] 评王维《渭川田家》："前八句皆情语，非景语。"[②] 评李白《采莲曲》："卸开一步，取情为景，诗文至此只存一片神光，更无形迹矣。"[③] 所评这些诗歌无一例外都是以写景为主，所谓"不分宾主"其实即体现在以"景语"为主的诗歌当中。在这些"景语"中，"情"与"景"密合无间，形成一个整体性的审美意象。王夫之所谓"如全匹成熟锦，首末一色"[④]、"蓬勃如春烟，弥漫如秋水"[⑤]、"二十字如一片云"[⑥] 等，均意在突出诗中"宾主镕合""情寓景中"的整体意象之美。

---

① ［清］王夫之评选，任慧点校：《唐诗评选》，河北大学出版社 2008 年版，第207—208 页。
② ［清］王夫之评选，任慧点校：《唐诗评选》，河北大学出版社 2008 年版，第55 页。
③ ［清］王夫之评选，任慧点校：《唐诗评选》，河北大学出版社 2008 年版，第23 页。
④ ［清］王夫之评选，张国星点校：《古诗评选》，河北大学出版社 2008 年版，第281 页。
⑤ ［清］王夫之评选，张国星点校：《古诗评选》，河北大学出版社 2008 年版，第54 页。句读有改动。
⑥ ［清］王夫之评选，张国星点校：《古诗评选》，河北大学出版社 2008 年版，第134 页。

第二节 •
王夫之的"一以贯之"治学原则与其诗学观念 •

"一以贯之"是王夫之治学（包括治诗学）所遵循的基本原则。为了谨守其精神，杜绝其流弊，王夫之多次对作为正道的"一以贯之"与作为异端的"以一贯之"做严格区分。《读四书大全说》卷六《卫灵公篇》三云："夫子自志学以来，即从事于'一以贯之'，而非其用功在多，得悟在一也……玩物丧志者，以学识为学识，而俟一贯于他日者也。若程子之读史，则一以贯乎所学所识也。若不会向'一以贯之'上求入处，则学识徒为玩物。"①所谓"一以贯之"即从"多"中悟"一"，"学"与"思"统一，以"学"明"道"。这在王夫之看来的确是一种身体力行的方法，其"六经"之学迥异于汉宋诸儒的章句之学，对经文经义往往是引而伸之（如《尚书引义》），推而广之（如《诗广传》）。其治《易》，则视《易》"为精义安身之至道"而"服膺其理"，故有《周易外传》；治《老》《庄》，则重在衍其大义，故有《老子衍》，又

---

① ［清］王夫之：《读四书大全说》，中华书局 1975 年版，第 426 页。

通其大旨，故有《庄子通》。同时，王夫之又非常注意"一以贯之"的分寸和界限，将其与"以一贯之"做严格区分。《读四书大全说·孟子离娄下篇》十一云："圣贤之道则是'一以贯之'，异端则是'以一贯之'。他一字小，圣贤一字大。他以一为工夫，屈抑物理，不愁他不贯；圣贤以一为自得之验，到贯时自无不通。"[①]"异端"之"一"是一己狭隘之见，"以一贯之"则是强物以就己，以主观意见代客观物理，其结果是"贯"而不"通"。"圣贤"之"一"则属于"自得之验"，虽为"自得"，却经过了客观物理的验证，是在长期"格物"过程中实现的"致知"，因此能与物理自然契合，自然贯通。

"一以贯之"和"以一贯之"所反映的显然是两种有本质区别但又极易越界的阐释方式，其间分际只在寸心毫厘之间，需要治学者审慎、辩证地把握好"学"与"思"、"格物"与"致知"、"道问学"与"尊德性"之间的关系。具体到《诗》的诠释，"一以贯之"即要求阐发微言和引申大义都应从《诗》文本出发，以《诗》中所写的人情世态和物色物理为基础。一方面不能背离《诗》之本然或应然之意，另一方面又要体现阐释者立场、观点的统一和完整，使《诗》的文本与《诗》的阐释形成"体用合一""体用相函"的关系。但是，"一以贯之"与"体用合一"终究是个整体原则和理

---

① ［清］王夫之：《读四书大全说》，中华书局 1975 年版，第 629 页。

想标准，具体阐释时能否落实，能体现到什么程度，又未必如人所愿。即以王夫之的《诗广传》而论，虽然以"传"名之，但显然不同于传统汉代四家诗传，也不同于朱熹的《诗集传》，其"归一"之旨与"抱一"之志非常突出，往往"从个人的哲学、历史、政治、伦理和文学的观点出发，对《诗经》各篇加以引申发挥"①。如传《周南·汉广》："'南有乔木，不可休息'，志亢也。'翘翘错薪，言刈其楚'，知择也。'之子于归，言秣其马'，致饰也。饰于己而后能择于物，择于物而后亢无有悔也。弗饰于己以择于物，物乱之矣。弗择于物以亢其志，亢而趋入于衰，不如其弗亢也。秉乔木之志，择乎错薪而非楚弗刈，然且盛其车马以弗自媒焉，汉之游女，岂一旦而猎坚贞之誉哉？"② 王夫之先分释三句，引申出"志亢""知择"和"致饰"三义，然后综合为"饰于己而后能择于物，择于物而后亢无有悔"这样一种儒家修身之道。尽管这种阐释多少与《汉广》诗意有关，但已被王夫之本人的思想引发至很远。这到底是"一以贯之"还是"以一贯之"？若单就诗句看，其引申未必无据；但若就《汉广》整诗看，其议论又似游离。"若即若离"差不多可视为整篇《诗广传》的诠释特点。不过，这也许正是王夫之有意寻求的一种阐释

---

① ［清］王夫之著，王孝鱼点校：《诗广传》，中华书局1964年版，"点校说明"。
② ［清］王夫之著，王孝鱼点校：《诗广传》，中华书局1964年版，第6页。

境界。在"若即若离"中，其诠释可以获得充分的自由，以便在其哲学思想和《诗》的比兴物色之间展开对话，彼此生发。在传统《诗》传中，《诗》本义为实，而注解《诗》本义的笺注也为实，实义与实解之间稍有不合便生牵强；而在《诗广传》中，诗句为实、为象、为器，而王夫之的哲学阐释为虚、为义、为道，二者之间更容易相涵与贯通。

　　在王夫之《诗》评和诗论中，也能明显感受到这种"一以贯之"的诠释特点。王夫之《诗》评和诗论中的"一"即是王夫之从历代诗歌（以汉魏晋宋古诗为典范）中总结出来并符合其"天人合一"和"元气氤氲"的宇宙论思想的诗歌品质，诸如"诗道性情""情景相生""诗乐一理""摄兴观群怨于一炉"等。为了"一贯"地表达其诗学思想，王夫之一是通过"选评"的方式选择合乎其鉴赏趣味和审美理想的诗歌进行评点和分析，二是通过"摘句评"的方式集中针对诗中一联或若干句引申发挥。由于王夫之本人具有丰富的诗歌创作和鉴赏经验，兼之其诗学观在传统诗学和文化中有深厚渊源，因此其《诗》评和诗论在整体上能体现"一以贯之"的阐释原则。但同时，王夫之的诗学观又具有鲜明的理想色彩和较纯粹的内涵，稍不留意，就可能从"一以贯之"走向"以一贯之"。

第三节 ·
·
"乐景写哀，哀景写乐"说的内涵及矛盾 ·

　　王夫之《诗译》评《小雅·采薇》提出"以乐景写哀，以哀景写乐"的诗学命题，因其新颖独特，颇受今人称誉，但同时也有学者敏锐地发现王夫之这一观点与《采薇》诗意及其本人的基本诗学观念存在抵牾之处①。

　　王夫之评论《采薇》较为集中的至少有3处，一见于《诗广传》卷三《论采薇》之二：

　　　　往戍，悲也；来归，愉也。往而咏杨柳依依，来而叹雨雪之霏霏。善用其情者，不敛天物之荣凋，以益己之悲愉而已矣。夫物其何预哉？当吾之悲，有迎吾以悲者焉；当吾之愉，有迎吾以愉者焉；浅人以其褊衷而捷于相取也。

　　　　当吾之悲，有未尝不可愉者焉；当吾之愉，有

--------

① 　如吴观澜《〈采薇〉并非"以哀景写乐"》(《学术研究》1986 年第 5 期)、赵立生《〈诗经·小雅·采薇〉末章四句"以乐景写哀"说质疑》[《清华大学学报》(哲学社会科学版) 1989 年第 3、4 期] 等。

未尝不可悲者焉。目营于一方者之所不见也。故吾
以知不穷于情者之言矣：其悲也，不失物之可愉者
焉，虽然，不失悲也；其愉也，不失物之可悲者焉，
虽然，不失愉也。导天下以广心，而不奔注于一情
之发，是以其思不困，其言不穷，而天下之人心和
平矣。言悲则悴以激，言愉则华以惆，元稹、白居
易之一率天下于褊促，宜夫杜牧之欲施之以刑也。①

二见于《诗译》第四则：

"昔我往矣，杨柳依依；今我来思，雨雪霏霏。"
以乐景写哀，以哀景写乐，一倍增其哀乐。知此，
则"影静千官里，心苏七校前"，与"唯有终南山
色在，晴明依旧满长安"，情之深浅宏隘见矣。况
孟郊之乍笑而心迷，乍啼而魂丧者乎？②

三见于卷二《夕堂永日绪论内篇》之二十四：

不能作景语，又何能作情语邪？古人绝唱句多

---

① ［清］王夫之著，王孝鱼点校：《诗广传》，中华书局1964年版，第75—76页。
② ［清］王夫之著，戴鸿森笺注：《姜斋诗话笺注》，人民文学出版社1981年版，第10页。

景语，如"高台多悲风"，"胡蝶飞南园"，"池塘生
春草"，"亭皋木叶下"，"芙蓉露下落"，皆是也，
而情寓其中矣。以写景之心理言情，则身心中独喻
之微，轻安拈出。谢太傅于《毛诗》取"讦谟定命，
远猷辰告"，以此八字如一串珠，将大臣经营国事
之心曲，写出次第；故与"昔我往矣，杨柳依依；
今我来思，雨雪霏霏"，同一达情之妙。①

三则评语大致表述了这样几个诗学观点：其一，情与景
各有其自身的变化规律和表现形态，因此诗人不应"敛天物
之荣凋，以益己之悲愉"，景物的性质不应随诗人或悲或愉
而改变（第一则）；其二，以"景语"言情，更能表达诗人
独特、微妙的情感体验（第三则），即在取貌景物本来形态
的同时，含蓄隐约地透露出诗人的感情；其三，"以乐景写
哀，以哀景写乐，一倍增其哀乐"，即以"可愉"之景表现
哀情，以"可悲"之景表现乐情，可使哀乐之情更其强烈；
其四，上述这种写景抒情的方式，不局限于诗人一己之情，
因此能体现诗人情感的深厚广大，更能"导天下以广心"，
使"天下之人心和平"。

---

① ［清］王夫之著，戴鸿森笺注：《姜斋诗话笺注》，人民文学出版社1981年版，第
91—92页。

各各看来，王夫之针对《采薇》提出的上述诗学观点不乏独到和深刻之处，尤其是对诗歌中的情景关系及诗教功能提出了有别前人的见解。而且，王夫之关于《采薇》的三则评语中还有一个很明确的"一"（主旨）在，即认为在诗歌创作中，景物之理不应受诗人之情的变化而改变其自身的性质，人情与物理各有其规律和特征，二者的结合应该是天然凑泊，而不能以一己之情"生入"景色，以一己之意"武断"物理。此即《夕堂永日绪论内编》的《采薇》评语所说的"不敛天物之荣凋，以益己之悲愉"之意。在王夫之看来，《采薇》中"昔我往矣，杨柳依依。今我来思，雨雪霏霏"，不仅保持了"乐景"（荣）、"哀景"（凋）自身的性质，而且与"哀情""乐情"相反相成，使所谓"别离之悲"与"归乡之乐"更加强烈。王夫之可能认为此类情景相反而能相成的诗例，尤能说明其关于情景关系的诗学观，因此在不同场合反复评点。但是，若将这三则评语置于王夫之诗学的整体思路中，推究其诗学观的内在关系，便会发现其中隐匿着多重矛盾。

首先，王夫之对《采薇》所做的"乐情"与"哀情"、"乐景"与"哀景"之分，明显与《采薇》原义不合，而误解的产生又是否与王夫之主张的"一以贯之"的诠释方法有关？这一原则在具体阐释中应该如何辩证运用？其次，更内在的矛盾是，王夫之在评语中一面强调"不敛天物之荣凋，以益己之悲愉"，实际上又先入为主地将"杨柳依依"称为"乐景"，把"雨雪霏霏"称为"哀景"，使"乐"与"哀"仿佛成为景物自身固有的一种性质，并以此为基础引申出"以乐景写哀，以哀景写乐"的观点。再次，王夫之以"杨柳依依"为"乐景"与"昔我往矣"之所谓"哀情"相对，又以"雨雪霏霏"为"哀景"与"今我来思"之所谓"乐情"相对，这种一景一情的分析思路是否与王夫之本人一再反对的"分疆情景"相悖？王夫之为何未能按照其情景自然相应的观点分析《采薇》卒章情与景的关系？最后，如果撇开这一命题，又该如何理解《采薇》卒章的情景关系和抒情特征？如何在《采薇》卒章诗意和王夫之基本诗学观之间找到契合点？

王夫之《诗译》第四则称："'昔我往矣，杨柳依依；今我来思，雨雪霏霏。'以乐景写哀，以哀景写乐，一倍增其哀乐。"这后面的结论是以对《采薇》原义的明显误解为基础的。原诗此节共有八句，在王夫之所引四句诗下还有"行道迟迟，载渴载饥。我心伤悲，莫知我哀"四句，明言主人公归途遥遥，困顿饥渴，心中哀伤莫名。对王夫之这样一位治学严谨的学者而言，这很可能是他的"无心之误"。不过，这种"无心之误"在王夫之《诗》学和诗论中又并非出于偶然，而是与其自觉运用的"一以贯之"诠释学方法有密切关联。但是，这种在王夫之诗学体系中不失为"一以贯之"的解释，对《采薇》原诗来说却成了"以一贯之"，既割裂了

《采薇》诗意的前后连贯性，也有悖于诗中真实的情景关系。

在更早一些写成的《诗广传》卷三的《采薇》评语中，还并未含有"乐景"与"哀情"、"哀景"与"乐情"可相反相成这层意思，其重点在于说明"不敛天物之荣凋，以益己之悲愉"的情景关系。王夫之首先批评了诗歌创作中"敛物就情"的做法："当吾之悲，有迎吾以悲者焉；当吾之愉，有迎吾以愉者焉"，总是以景色物态迎合诗人自己的悲愉之情，若我有欢欣之情，则物自欣欣如喜；若我有凄伤之意，则物亦寂寂如戚。王夫之认为用这种方法寻找情景对应乃是诗人情志浅薄、狭隘的表现，其心中唯有一己悲欢，而目中再无万物本然之理。或因物喜，或因己悲，以褊狭之情用之于诗，会同样使天下人之情入褊急、浅薄，而与温柔敦厚的诗教之旨大相背戾。正确的态度是："当吾之悲，有未尝不可愉者焉；当吾之愉，有未尝不可悲者焉。"此即所谓"不以物喜，不以己悲"。这样的诗人，其情志自然深厚，心胸自然宽广；能以"公意"体万物，物性自然得全；能以"广心"导天下，人心自然"和平"。

就在王夫之将其情景观推向极致的《采薇》诗评中，却无意间走向了其情景观的反面，其标志即是所谓"乐景"与"哀景"之说。从上述诸例可以看出，王夫之对情景"相值相取"的要求非常严格，甚至不能容忍丝毫破坏自然"物料"的表达情感的方式。但是，他在《诗广传》卷三《论采薇》

之二中却又不知不觉地一步步背离了这一宗旨。此则评语开始，王夫之先引出"善用其情者，不敛天物之荣凋，以益己之悲愉"这一论断，对"物"态的季节变化以"荣凋"二字形容，这仍然是以物言物。接下来在否定了"当吾之悲，有迎吾以悲者焉；当吾之愉，有迎吾以愉者焉"的"浅人褊衷"后，又提出"当吾之悲，有未尝不可愉者焉；当吾之愉，有未尝不可悲者焉"，"其悲也，不失物之可愉者焉，虽然，不失悲也；其愉也，不失物之可悲者焉"。其情景观已经悄然转移，天物的"荣""凋"二态被等同于"可愉""可悲"两种性质。如此一来，"荣""凋"这两种天物的自然状态开始被赋予了情感色彩，"杨柳依依"被定性为"可愉"之物，"雨雪霏霏"则被定性为"可悲"之物，在自然物态与情感之间建立了一种近乎固定的对应关系，使自然物态具有了某种情感性质。

到了《诗译》第四则《采薇》评语，王夫之跨出了最关键的一步，直接将属人之情的"哀""乐"转化为属物之性，提出了"乐景"说与"哀景"说，吊诡般地陷入了他曾经一再反对的情景观。由于"乐景"与"哀景"的物色观念先入为主，王夫之心目中一时唯有"乐景"与"哀情"、"哀景"与"乐情"两组"相反相成"的情景对子，使他竟想当然地将"雨雪霏霏"场景中的主人公之情定性为"乐情"，而无视下文"行道迟迟，载渴载饥。我心伤悲，莫知我哀"四句所咏的真实情感。质言之，王夫之的"以乐景写哀，以哀景写乐"说，不仅背离了《采薇》诗意，而且背离了王夫之本人的基本诗学思想。

尽管王夫之《采薇》诗论的出发点是强调情与景应该在保持各自特征的前提下自然相应，特别强调不能以主观之情改变客观之景，但是其整体思路却无不是在"一景一情"的格局里运行：首先是将"昔我往矣，杨柳依依。今我来思，雨雪霏霏"四句从全诗和全章中抽离出来，然后按照一景一情的对应关系，概括出"愉"与"可悲"之景、"悲"与"可愉"之景两组情景关系，并在此基础上发挥其"不敛天物之荣凋，以益己之悲愉"的道理；而《诗译》中的"以乐景写哀，以哀景写乐"虽然包含着情景相生之理，但仍以"一景一情"的划分组合为前提。这也从反面说明，"一情一景"的诗歌写作模式影响太大，即使对此有清醒批判意识的王夫之本人也难免不受其拘限，"分疆情景"的俗套同样框住了王夫之的阅读和理解视野，妨碍了他对《采薇》诗意的完整体察与领会。

第四节 •
《采薇》"情景"关系通解 •

　　关于这首诗的大意,《毛诗正义》有这样几个说法:一
是"遣戍役"说。《毛诗》序云:"遣戍役也……以天子之命,
命将率遣戍役,以守卫中国。故歌《采薇》以遣之,《出车》
以劳还,《杕杜》勤归也。"①认为三首诗都是以朝廷和官方语
气所作的派遣戍役之歌。孔颖达《正义》亦采其说,并申论
各章诗意:"上三章,遣戍役之辞。四章、五章以论将帅之行,
为率领戍役而言也。卒章总序往返。六章皆为遣戍役也。"②
二是"豫叙"说。如孔颖达第一章《正义》云:"文王将以出
伐,豫戒戍役期云:采薇之时,兵当出也。王至期时,乃遣
戍役,而告之曰:我本期以采薇之时,今薇亦生,止是本期
已至,汝先辈可以行矣。既遣其行,告之归期,曰何时归,
曰何时归,必至岁亦暮止之时乃得归。言归必将晚。所以使
汝无室无家,不得夫妇之道聚居止者,正由猃狁之故。又不

---

① 《十三经注疏》,中华书局 1980 年影印本,第 412—413 页。
② 《十三经注疏》,中华书局 1980 年影印本,第 413 页。

得闲暇而跪处者，亦由猃狁之故。"① 卒章《正义》云："此遣戍役，豫叙得还之日，总述往返之辞。汝戍守役等，至岁暮还反之时，当云昔出家往矣之时，杨柳依依然。今我来思事得还反，又遇雨雪霏霏然。既许岁晚而归，故豫言来将遇雨雪也。于时行在长远之道迟迟然，则有渴，则有饥，得不云我心甚伤悲矣。莫有知我哀者，述其劳苦，言已知其情，所以悦之，使民忘其劳也。"②

　　《毛传》"遣戍役"说的关键是认为《采薇》乃是以朝廷和官方口气对所遣戍役的将士所作的一首诗。不过，这一解释与人们的阅读感受明显不合。根据《采薇》的抒情主人公和具体内涵，视之为以将士身份和口气所写的一首久苦战事、思归心切的诗作显然更加合适。而《正义》"豫叙"说，正是为了解决"遣戍役"说与诗中实际抒情主人公及内容之间的矛盾。为使《毛传》的"遣戍役"说能自圆其说，《正义》不仅将此诗解释成是朝廷在出戍前对戍役情形的预先设想，而且还解释成是朝廷代戍役者叙述其戍役生活。依此，这首诗不仅是"豫叙"，而且是"代叙"。此说自汉至宋一无异议，朱熹《诗集传》仍然袭用。清姚际恒《诗经通论》始予以反驳，认为："此戍役还归之诗。《小序》谓'遣戍役'，非。诗

---

① 《十三经注疏》，中华书局 1980 年影印本，第 413 页。
② 《十三经注疏》，中华书局 1980 年影印本，第 414 页。

明言'曰归曰归，岁亦莫止'，'今我来思，雨雪霏霏'等语，皆既归之词；岂方遣即已逆料其归时乎！又'一月三捷'，亦言实事，非逆料之词也。"①

不过，姚际恒据"曰归曰归"和"今我来思"二语断《采薇》为"戍役还归"之词，也并非确论。历代理解《采薇》诗意有一个常见的误区，即习惯把"昔我往矣"理解为离家服役，而把"今我来思"理解为征戍归来。王夫之也正是据此得出"往戍，悲也；来归，愉也"的推测。但通观《采薇》全诗并联系其他诗作，卒章中的一"往"一"来"还是理解为戍役期间在战场和驻地之间的一往一回为妥。先举一个旁证。《采薇》后面有一首《出车》，内容同样写戍役生活。其第四章云："昔我往矣，黍稷方华。今我来思，雨雪载涂。王事多难，不遑启居。岂不怀归，畏此简书。"前四句与《采薇》卒章前四句非常近似，只是具体景物略有区别，但从后面四句尤其是"岂不怀归，畏此简书"二句来看，戍卒并未能归家。郑笺对此解释比较合理："黍稷方华，朔方之地六月时也。以此时始出垒征伐猃狁，因伐西戎，至春冻始释而来反，其间非有休息。"②《正义》亦循其说。依此，这两句所咏节候景物的变化，不过是在战场和驻地（"垒"）之间

①　[清]姚际恒:《诗经通论》，中华书局1958年版，第181页。
②　《十三经注疏》，中华书局1980年影印本，第416页。

来往所见，借此表明时序之长，征战之苦。这也就能合理解释后四句所咏的"行道迟迟，载渴载饥。我心伤悲，莫知我哀"。倘若确是行走在归乡之途，亦何至于如此哀伤？

澄清了这个误解，《采薇》诗意便可得到一个更合情理的解读。首先需要肯定的是，"怀归"的确是《采薇》的一个重要主题。其第一章即表达了"曰归曰归"的急切期盼，在随后的第二、三章又反复呈现，并与敌情危急、饥渴困乏、起居无定等战争处境相互交融，益增凄切。第四章正面叙述战事进展顺利，"一月三捷"，但第五章接着又云"岂不日戒，狁孔棘"，说明敌情和威胁仍在，还需继续警戒。

正是在这种情况下，诗人咏出了最后一章："昔我往矣，杨柳依依。今我来思，雨雪霏霏。行道迟迟，载渴载饥。我心伤悲，莫知我哀。"因为战事稍息，将士们从战场回到驻地，目睹出征时道旁的依依杨柳，现在已笼罩在一片迷茫的风雪之中。战事虽已逾半载，却不知何日才是尽头。路途泥泞，步履维艰，饥渴难耐。回忆这半载戍守征战的辛劳艰苦，又思想起亲人别离日久，家乡田园荒芜，不禁悲从中来，可又无人可告，无处可诉。从全章和全诗来看，王夫之的"以乐景写哀，以哀景写乐，一倍增其哀乐"的立论虽新，但显然不是对"昔我往矣，杨柳依依。今我来思，雨雪霏霏"四句的正解；恰恰只有从王夫之一贯坚持的情景观（如肯定"心目所及，文情赴之"，反对"分疆情景""一情一景"等）

出发，才能合情合理地解释诗中的情景关系，体会其抒情内涵。这四句诗中描写的节候景物正是主人公的"身之所历"和"心目所及"，诗中对物态的荣凋变化也是"貌其固有"，"如所存而显之"；且前后不同物态也并不按照"一景一情"的模式分别与哀、乐对应，而是作为一个整体呈现出景物变迁和节候推移，再于变迁和推移中自然见出戍役时间之长，蕴含战事频仍、征途多艰、离家日久、思归心切等无尽伤感。

《采薇》卒章所写原是常景、常情，而情景间的关系也源于朴素的直觉和感受。这本是《诗三百》的抒情常例，一如方玉润《诗经原始》所评："……柳往雪来，断非逆睹。使当前好景亦可代言，则景不必真；景不真，诗亦何能动人乎？此诗之佳，全在末章：真情实景，感时伤事，别有深情，非可言喻，故曰'莫知我哀'。"《正义》"豫叙"说的要害在于把眼前真景和心中真情变成了官方的"代言"。王夫之则过犹不及，用后世诗歌中更为复杂精细的抒情技巧（如杜诗"感时花溅泪，恨别鸟惊心"等）来解释先民朴素的歌咏，自然是过犹不及。

## 研讨专题

1. 王夫之在《古诗评选》中批评陶潜《癸卯岁始春怀古田舍》"良苗亦怀新"为"生入语"，又在《唐诗评选》中批评杜诗名句"花鸟更无私"和"水流心不竞"是"以无私之德，横被花鸟，不竞之心，武断流水"，这体现了他怎样的诗学观点？这种诗学观念与其哲学思想有何内在联系？

2. 王夫之《诗广传》卷三《论采薇》的"天物荣凋"说与《诗译》第四则"乐景哀景"说有什么区别?"乐景哀景"说与《采薇》诗意有何出入？又与王夫之本人"情景"论的基本观点有何矛盾？

3. 从更大范围的文学史看，王夫之提出的"乐景哀景"说是否有其合理性？

## 拓展研读

1.［清］王夫之著，戴鸿森笺注:《姜斋诗话笺注》，上海古籍出版社 2012 年版。

2. 杨松年:《王夫之诗论研究》，文史哲出版社 1986 年版。

3. 蔡英俊:《比兴、物色与情景交融》，大安出版社 1986 年版。

4. 萧萐父、许苏民:《王夫之评传》，南京大学出版社 2002 年版。

5. 萧驰:《抒情传统与中国思想：王夫之诗学发微》，上海古籍出版社 2003 年版。

6. 杨宁宁:《王船山"情几"诗学发微》，社会科学文献出版社 2020 年版。

# 第九章

*/Chapter 9/*

# 词体与境界

中国古代关于诗体特征的认识出现过"言志"说、"吟咏情性"说、"缘情绮靡"说、"兴趣"说、"性灵"说、"神韵"说等，关于词体特征的认识也出现过"艳情"说、"清空雅正"说、"比兴寄托"说、"沉郁"说、"意境"说等。王国维在清末西学东渐、中学嬗变的文化背景下，在《人间词话》中标举"境界"说，并对"境界"的结构和类型、"境界"与主客体的关系、"境界"与传统"兴趣""神韵"等诗论概念的关系等问题，都做了具体评述。《人间词话》的词学观念和理论话语具有中西杂糅的特点，这也使得关于"境界"说内涵的解读存在多种不同路径，如有学者着重从中国传统文学观念探寻其思想来源，有学者则根据其中的西学资源认为"境界"说是某种西方美学思想的翻版。本章将重点考察《人间词话》从手稿到《国粹学报》刊本的过程，仔细比较手稿与刊本在立意、行文、取舍、排序、表述等方面的诸多异同，寻绎王国维从拟撰手稿到整理刊本的遣思用意的过程，并在此基础上融入中学的历史之维与西学的现代视域，贯通词学与文化、词学与人生的意蕴和价值，更完整地把握王国维"境界"说的基本内涵。

第一节 •
从"三阶级"说到"三境界"说 •

"境界"一词在《人间词话》手稿第二则中即首次出现，此即著名的"三境界"说：

> 古今之成大事业大学问者，罔不经过三种之境界："昨夜西风凋碧树，独上高楼，望尽天涯路。"此第一境也。"衣带渐宽终不悔，为伊消得人憔悴。"（欧阳永叔）此第二境也。"众里寻他千百度，回头蓦见，那人正在，灯火阑珊处。"（辛幼安）此第三境也。此等语皆非大词人不能道，然遽以此意解释诸词，恐为晏欧诸公所不许也。①

王国维拟撰《词话》主要在1907—1908年间。此前二年（1905），王国维已撰成《文学小言》（计17则），是年12月发表于王国维本人主编的《教育世界》。显然，《词话》

---

① 王国维：《〈人间词〉〈人间词话〉手稿》，浙江古籍出版社2005年版，第55页。

手稿第二则是直接从《文学小言》第五则脱胎而来：

> 古今之成大事业大学问者，不可不历三种之阶级："昨夜西风凋碧树，独上高楼，望尽天涯路。"（晏同叔《蝶恋花》）此第一阶级也。"衣带渐宽终不悔，为伊消得人憔悴。"（欧阳永叔《蝶恋花》）此第二阶级也。"众里寻他千百度，回头蓦见，那人正在，灯火阑珊处。"（辛幼安《青玉案》）此第三阶级也。未有不阅第一第二阶级，而能遽跻第三阶级者。文学亦然。此有文学上之天才者，所以又需莫大之修养也。[1]

不仅如此，《词话》第一则也源自《文学小言》第五则：

> 《诗》《蒹葭》一篇，最得风人深致。晏同叔之"昨夜西风凋碧树，独立高楼，望尽天涯路。"意颇近之，但一洒落，一悲壮耳。

合《词话》第一、二两则与《文学小言》第五则较而可

① 王国维:《王国维文选》，姜东赋、刘顺利选注，百花文艺出版社 2006 年版，第 105 页。

知：其一，《词话》第二则提出的"三境界"说乃由《文学小言》第五则的"三阶级"说改造而成；其二，王国维将《文学小言》的"三阶级"说稍易其词，移于几年后精心拟撰的《人间词话》，必因"三阶级"说有他难忘之处；其三，王国维能以"境界"易"阶级"，又必因"境界"与"阶级"有可易之处，也即二者用意有相通之处；其四，王国维既将"阶级"说易为"境界"说，又必因"境界"说与"阶级"说有相异之处，或者说"境界"说蕴有"阶级"说难以表达的更多内涵。

"阶级"在《文学小言》中的意思比较清楚，相当于阶段、层次。晏、柳、辛三词句所象征的 3 个"阶级"，也即事业、学问所需经历的 3 个阶段和层次。区分和评价，应该说是王国维使用"阶级"一词的最基本的用意。"境界"本义指事物之界限，后又引申为一定界限之内的地域、范围或处所。这一用义较早出现在汉译佛经中。如《俱舍论颂疏》："若于彼法，此有功能，即说彼为此法境界。"又云："功能所托，名为境界。如眼能见色，识能了色，唤色为'境界'。"其中"境界"对译的梵语为 Visaya，意为"自家势力所及之境土"①。这里的"境界"具体指眼、耳、鼻、舌、身、意等

---

① 《佛学大辞典》第 14 册，上海医学书局 1925 年版，第 2849 页。

"六识"对色、声、香、味、触、法等的感受和认识。[①] 下面各例也都可依此义理解，如《大乘唯识论序》："唯识论者，乃是诸佛甚深境界，非是凡夫二乘所知。"《无量寿经》："斯义宏深，非我境界。"《华严梵行品》："了知境界，如幻如梦。"值得注意的是，在"境界"这一引申义中，仍然含有其原初的区分和评价意味。东晋跋陀罗译《达摩多罗禅经·修行观十二因缘》分修行境界云："修行初入正受名为连缚境界，增长名为方便境界，安住名为分段境界，渐灭名为刹那境界。"其区别之义更明显。

在《人间词话》第二则的"三境界"说中，"境界"这一基本义主要转化为一种区分意识和评价意味。正是这种区分意识和评价意味，作为"三境界"说与"三阶级"说的主要相通之处，构成了王国维以"境界"易"阶级"的语言基础。通观《词话》全篇，区分和评价乃王国维论词的基本理念和重要内容，举其辨境界之有无、大小、深浅、自然与雕琢、真实与铺啜、"造境"与"写境"、"有我之境"与"无我之境"、"隔"与"不隔"等，都是这种区分和评价意识的体现和落实。

王国维在《词话》手稿中以"境界"易"阶级"，首先应与语境和立意的变化有关。《文学小言》第五则最后归结

---

① 　见叶嘉莹：《王国维及其文学批评》，河北教育出版社 1997 年版，第 192 页。

于文学天才的修养过程，故以"阶级"突出其层次性与阶段性不失准确与鲜明；《词话》的落脚点则是发挥三家词句之义，"境界"比"阶级"更合乎词话之体。更内在的原因在于，"境界"不仅同样包含了"阶级"所侧重的评价和区分之义，而且蕴有"阶级"一词难以表达的内涵。

第二节　•
从"意境"说到"境界"说　•
•

　　以"境"论文，约始于唐代。论诗之"境"所指广泛，可指由人事、景物构成的相对客观的外在空间，如旧题白居易《文苑诗格》云："或先境而后入意，或入意而后境。古诗：'路远喜行尽，家贫愁到时。''家贫'是境，'愁到'是意。又诗：'残月生秋水，悲风惨古台。''月''台'是境，'生''惨'是意。若空言境，入浮艳；若空言意，又重滞。"①"境"与"意"的用义区分非常明显，"境"指外在之景，"意"为诗人之情。皎然《诗式》"诗情缘境发"、司空图《与王驾评诗书》"思与境谐"等，也是这种用法。苏轼《题渊明饮酒诗后》："'采菊东篱下，悠然见南山。'因采菊而见山，境与意会，此句最有妙处。近岁俗本皆作'望南山'，则此一篇神气都索然矣。"②也是将"境"与"意"相对，指诗人所观照、表现的景物世界。

---

① 《文苑诗格》，旧题白居易著，见张伯伟著：《全唐五代诗格汇考》，凤凰出版社2002年版，第365页。
② ［宋］苏轼：《苏轼文集》第五册，中华书局1986年版，第2092页。

王昌龄《诗格》将诗中之"境"细分为"物境""情境""意境"3种。<sup>①</sup>其中"物境"为诗中描写的"泉石云峰"等景物所构成的艺术世界,"情境"为诗中抒发的"娱乐愁怨"等情感所构成的艺术世界,"意境"则为诗人领悟的人事之理所构成的艺术世界,并有别于后来"意与境合""情景交融"的"意境"。《诗格》云此三"境"皆可"张"之于诗人心中、意中,可"用思"把握和表现。"境"既可"张",表明"境"具有一定的空间和范围;形之于诗,则为诗中不同内涵的艺术世界。

唐宋诗论中,"境"与"意"多单用,合为"意境",流行于明清两代,其具体用义又略有区别。有时可解为"意之境",相当于《诗格》中的"意境"。如清贺裳《载酒园诗话》评《剑南集》:"大抵才具无多,意境不远,惟善写眼前景物,而音节琅然可听。"<sup>②</sup>批评《剑南集》诗中之意不够深远,"意境"与诗中所写的"眼前景物"相对。清潘德舆《养一斋诗话》:"《三百篇》之神理意境,不可不学也。神理意境者何?有关系寄托,一也;直抒己见,二也;纯任天机,三也;言有尽而意无穷,四也。"<sup>③</sup>其中"神理"与"意境"都是指诗

---

① 〔宋〕陈应行编:《吟窗杂录》(上),中华书局1997年版,第206—207页。
② 〔清〕贺裳:《载酒园诗话》,见郭绍虞编:《清诗话续编》(上),上海古籍出版社1983年版,第451页。
③ 〔清〕潘德舆:《养一斋诗话》卷一,见郭绍虞编:《清诗话续编》(下),上海古籍出版社1983年版,2007页。

中"寄托"之志、"直抒"之"见"、"天机"之悟及"无穷"之"意"。陈廷焯《白雨斋词话》常以"意境"论词，其义也多属此类。如谓："耆卿词，善于铺叙，羁旅行役，尤属擅长。然意境不高，思路微左，全失温、韦忠厚之意。"[①]柳永词善铺叙者为事为景，而"意境不高"应是指其词立意不高，此由下文"全失温、韦忠厚之意"更可看出。

"意境"也常表示"情景交融"的整体之境，这是现代学界关注较多的一种用法。况周颐《惠风词话》中的"意境"多为此类。如卷三第十六则评金景覃词："《凤栖梧》歇拍云：'别有溪山容杖屦。等闲不许人知处。'意境清绝、高绝。忆余少作《鹧鸪天》，歇拍云：'茜窗愁对清无语，除却秋灯不许知。'以视景词，意略同而境远逊，风骨亦未能骞举。"[②]先言《凤栖梧》歇拍"意境清绝、高绝"，后谓己作《鹧鸪天》歇拍与金词比"意略同而境远逊"。由前后对照可知，"意境"是"意"与"境"的结合。

从具体用义看，无论是"境"还是"意境"，都主要指诗词中由景、情（意）或二者结合所成的艺术世界。这种用法侧重于诗词内容的描述，区分和评价意味则不太明显。尽管以"境"或"意境"评诗论词，也会反映论者的抑扬褒贬

---

① ［清］陈廷焯，杜未末校点：《白雨斋词话》，人民文学出版社 1959 年版，第 12 页。
② ［清］况周颐，王幼安校订：《惠风词话》，人民文学出版社 1960 年版，第 62 页。

等不同态度，但与使用"韵味""风骨"等评论诗词所体现的态度属同一情形，并不显得特别突出。

"境界"用于论文，宋人诗话中已可见。如南宋蔡梦弼《草堂诗话》卷二："横浦张子韶《心传录》曰：读子美'野色更无山（云）隔断，山光直与水相通'，已而叹曰：'子美此诗，非特为山光野色，凡悟一道理透彻处，往往境界皆如此。'"① 不仅以"境界"论诗，而且推及一切道理悟入处。在具体论文时，"境界"与"意境"常因用义相近而可互换。如明祁彪佳《远山堂曲品》评《唾红》云："叔考匠心创词，能就寻常意境，层层掀翻，如一波未平，一波复起。词以淡为真，境以幻为实，《唾红》其一也。"② 又评《桥断魂》云："本寻常境界，而能宛然逼真，敷以恰好之词，则虽寻常中亦自超异矣。"前句的"寻常意境"与后句"寻常境界"，用义大体相同。

但若留意体会，"境界"与"意境"二词用义的侧重和强调之处还是有明显差异的。其一，"境界"对文章的区分、比较与评价意味更强。如南宋李涂《文章精义》："作世外文字，须换过境界。庄子《寓言》之类，是空境界文字。灵均《九歌》之类，是鬼境界文字。子瞻《大悲阁记》之类，是佛

① ［宋］蔡梦弼：《杜工部草堂诗话》，见丁福保辑：《历代诗话续编》（上），中华书局1983年版，第208页。
② ［明］祁彪佳：《远山堂曲品》，见中国戏曲研究院编：《中国古典戏曲论著集成（六）》，中国戏剧出版社1982年版，第44页。

境界文字。《上清宫辞》之类，是仙境界文字。惟退之不然，一切以正大行之，未尝造妖捏怪，此其所以不可及。"① 论中首先分"境界"为"世外"与世间，而"世外"文章的境界又分"空境界""鬼境界""佛境界"和"仙境界"4 种。若换"境界"为"意境"，其比较和区分之义则难以如此鲜明。

其二，因侧重区分与比较，"境界"又常着意突出诗词的独特性和创造性。如明陆时雍《诗镜总论》："张正见《赋得秋河曙耿耿》'天路横秋水，星桥转夜流'，唐人无此境界。"② 叶燮《原诗·内篇上》评苏轼诗："其境界皆开辟古今之所未有，天地万物，嬉笑怒骂，无不鼓舞于笔端，而适如其意之所欲出。"③《外篇下》又云："六朝诗家，惟陶潜、谢灵运、谢朓三人最杰出，可以鼎立。三家之诗不相谋：陶潜澹远，灵运警秀，朓高华，各辟境界，开生面，其名句无人能道。"④ 内外篇皆云"境界"乃"开辟"所得，意在明其超出古人，与众不同。另外，凡以"境界"论诗词，一般都含有较强的比较与评价之意，目的则在突出其奇特、新颖、出众之处，强调其高远、阔大与深厚等特点。

其三，"境界"内涵更加广大，视野更为开阔。如明江盈

---

① ［宋］李涂：《文则·文章精义》，人民文学出版社 1960 年版，第 66—67 页。
② ［明］陆时雍：《诗镜总论》，见丁福保辑：《历代诗话续编》（下），中华书局 1983 年版，第 1409 页。
③ ［清］叶燮著，蒋寅笺注：《原诗笺注》，上海古籍出版社 2021 年版，第 69—70 页。
④ ［清］叶燮著，蒋寅笺注：《原诗笺注》，上海古籍出版社 2021 年版，第 350 页。

科《雪涛小书诗评》："诗之境界，到白公不知开扩多少，较诸秦皇、汉武开边启境，异事同功，名曰'广大教化主'所自来矣。"[①]论中不仅以"境界"称香山诗所囊括的"意"与"景"的广大和丰富，而且将其开拓诗境之功譬诸秦皇汉武的开边启境，无意间将"境界"之诗义与"境界"之本义接通。又沈德潜《说诗晬语》卷下："苏子瞻胸有洪炉，金银铅锡，皆归镕铸；其笔之超旷，等于天马脱羁，飞仙游戏，穷极变幻，而适如意中所欲出，韩文公后，又开辟一境界也。"[②]这两例分别以"境界"许韩愈和苏轼，皆极言二人诗作开创之力、变化之巨、容纳之大和规模之雄。

要之，"境界"论文既可涵"意境"之义，用以描述诗词中所呈现的情、景及其融合而成的艺术世界，又能突出表达对诗词艺术的区分和评价之义。

---

① ［明］江盈科:《雪涛小书诗评》，见周维德集校:《全明诗话》第四册，齐鲁书社2005 年版，第 2764 页。

② ［清］沈德潜，霍松林校注:《说诗晬语》，人民文学出版社 1979 年版，第 233 页。

第三节 ●
"境界"兼"阶级"与"意境"之长 ●

　　"境界"与"意境"用义的这层联系和区别，也同样体现在王国维的词论中。

　　倘若往大处说，"境界"说是以王国维全部的生命体验、人生经历、诗词创作以及学术修养为土壤诞育出的一个词学之果，对其内涵的解读也应广泛联系这些重要因素。"境界"说产生之前，王国维已在词学上积累了较为丰富的创作经验和理论思考。1905 年任教江苏师范学堂（苏州）期间，王国维感到此前倾注极大热情和精力的西方哲学、伦理学、美学"可信而不能爱""可爱而不能信"，产生了"近二三年中最大之烦闷"，故其"嗜好""渐由哲学而移于文学，而欲于其中求直接之慰藉"[《三十自序》（二）]。此后几年，也是王国维诗词创作和词论收获最丰的时期。1906 年夏，编成《人间词甲稿》，收词作 61 首，并以"山阴樊志厚"名义撰有《人间词甲稿序》；又编辑出版《王国维诗稿》一卷（收 1898—1905 年间古今体诗 47 首）；同年 12 月，《文学小言》（计 17 则）刊于《教育世界》；1907 年 11 月，又集其新近词作 43 首为《人间词乙稿》，刊于《教育世界》，并再托名樊志厚撰《人间词乙稿序》。《词话》手稿正是在这种诗词创作旺盛、思致活跃的氛围中开始撰写的。

王国维在《词话》手稿中标举"境界"说大致经历了如下过程：第一阶段是《人间词甲稿》（并序）编写与《词话》手稿前 30 则初拟。自 1905 年兴趣转向文学（词学）到 1906 年夏辑成《人间词甲稿》并写成《人间词甲稿序》的这段时间，王国维对词学已形成独到的体会和认识，对传统词学的优劣得失也有了大致判断。这些都集中反映在《人间词甲稿序》中[①]，撮其大要：一曰以南宋界分词道盛衰，崇五代北宋而斥南宋以下；二曰痛诋梦窗（吴文英）之雕琢、玉田（张炎）之敷衍为词弊之始；三曰历数南宋以降历代词学之弊而归于局促、雕琢、模拟与浅薄；四曰称赞王国维词能度越古人，不屑于言词之末，而能往复幽咽，动摇人心，言近旨远，意决辞婉，出自天才，非假人力。序中所论表明王国维对南宋以迄清末词坛愈趋狭隘、做作、缺乏创造、蔑弃根本的状况深为不满，也表明王国维崇尚天才与自然，要求情感真诚、深厚，能感动人心，反对在言词层面做舍本逐末式的雕琢与敷衍等词学基本立场。《甲稿序》中初步表露的这种词学观在《人间词话》手稿的前 30 则中得到更具体的展

---

① 周锡山编校：《王国维集》第一册，中国社会科学出版社 2008 年版，第 245 页。

开。这 30 则词话通过品评自五代以迄当世，他人以及自己的词作，更具体表明王国维论词的好恶取舍、美学标准及词学理想。分言之，王国维崇尚的词学品质有：以气象胜、深美闳约、堂庑特大、能开风气、所见者真、所知者深、有深远之致、有创意之才、俊伟豪放、有意境、有真味等。针砭的词学之弊有：用替代字、堆砌凌乱、矫揉装束、隔雾看花、肤浅、少创意、少意境、少真味等。

与手稿第 31 则后自觉标举的"境界"说相比，"境界"的很多具体内涵在前 30 则中已大体形成，关键概念也已出现。但是，前 30 则的话语表述仍带有明显的过程性，突出表现为有主线而无明确的立论核心。尽管大、深、远、真等具体概念间也有联系和照应，但仍如散兵作战，缺少一个笼罩全局的理论聚焦。"意境"和"境界"两个重要概念虽已出现，但并未受到王国维的特别关注，仍与"气象""深远""俊伟""真"等具体概念平行并列，未被自觉提升为词论的主导概念。或许外受词话之体的限制，内无核心概念的统摄，因此多碎玉片金而欠系统完整。

第二阶段是《人间词乙稿序》至《词话》手稿 31 则后的续拟。比较分析王国维 1907—1908 年间的词学创作和研究可推知，在《词话》手稿拟写过程中，王国维还曾撰写过《人间词乙稿序》（1907 年 11 月）这篇词学专论。该序以"意境"为中心概念系统论词，是手稿从前 30 则的零散之论发展到 31 则后自觉围绕"境界"论词过程中的一个重要中介和过渡。《乙稿序》的写作显然不同于《词话》的拟写。这是一篇独立完整的词学论文，其内在的文体要求会促使王国维在写作中明确观点，确立主脑，选择概念，组织论述，评析总结。而且，在已写有《人间词甲稿序》和部分《词话》的基础上，王国维自然会在词论建构上有更高目标，而他长期从事西学研究的学术修养（《红楼梦评论》《论屈子文学之精神》等论文已面世）也让他能够更鲜明、系统地将自己的词学观表述出来。

两篇词序的体例和内容差异明显。《甲稿序》属以史涵论之例，其词学观于词学史的点评中见出；《乙稿序》则属以论带史之体，先标明其词学观再以词学史展开论证。[①] 王国维非常明确地将"意境"视为文学的本质要素，并以之作为最重要的评词标准。为此，王国维又特别强化了"意境"内部的等级和层次区分，以体现他对历代词作优劣的评价。他首先根据"意"与"境"的不同关系分出"意与境浑"（上）与"以境胜""以意胜"（其次）高下两个艺术层次，进而又对"意境"做出有与无、深与浅等两类区分，并从"意境"的有与无、深与浅等角度对五代以下词人词作进行比较和评

---

① 周锡山编校：《王国维集》第一册，中国社会科学出版社 2008 年版，第 245—246 页。

判。如：称欧阳修词"以意胜"，秦少游词"以境胜"，李白、李煜、冯延巳等人词"意境两浑"；又称冯延巳、欧阳修、秦观、纳兰性德等人词意境"深"，温庭筠、韦庄、晏殊、晏几道等人词则意境"浅"；周邦彦、辛弃疾词"有意境"，吴文英词则"无意境"；等等。要之，王国维《乙稿序》以"意境"论词，一方面沿承了传统"意境"论内涵，用以描述构成文学作品的基本内容，另一方面又对"意境"的有与无、深与浅、两浑与偏重等做出区分，作为品评词艺高下优劣的标准，有意强化了"意境"论的评价功能。

细读《甲稿序》对历代词作的品评以及《乙稿序》以"意境"论词，不难体会到一种强烈的词学批判和评价意识。王国维身处传统词学的末季，深受中学浸润和西学熏陶，加之其集哲学思辨与文学才情于一身的特殊禀赋，因此能较前人和同辈更深刻地感受、认识到传统词学的盛衰利弊。出于对词体的钟爱，王国维希望能以自己的创作和批评为词学界树立一个高标，指出其向上一路，杜绝其末流之弊。《乙稿序》中的"意境"说便是王国维这种词学历史批判意识和美学评价意识的理论化尝试。不过，就"意境"概念的词源和传统诗论、词论的使用看，毕竟还是侧重于描述诗词内容和特征，而不以评判词品的高下优劣见长。因此，虽然《乙稿序》的"意境"说实际兼有描述性和评价性，但最能集二者于一体且浑然不分的，并不是"意境"说，而是《词话》手稿 31 则后提出的"境界"说。

王国维从《词话》第 31 则始另立"境界"说,其原因可从多方面解释:其一,"境界"在《词话》第 2 则和第 9 则已经出现,将其提升为《词话》论词的核心顺理成章,可以保持《词话》自身的连续性和整体性。其二,关键原因是,与前 30 则也曾用过的"意境"(第 22 则)一词相比,"境界"既保留了"意境"对词作内容和特征的描述之长,又能充分表达王国维对词学史强烈的评价意识,也即能集《文学小言》"阶级"说内涵与《乙稿序》"意境"说内涵于一体。其三,描述功能与评价功能的结合,使得"境界"具有一种涵容广大、深远的倾向,能充分涵盖《词话》手稿前 30 则反复推许的大、深、远、真等艺术特征。

## 第四节 ·:
## "境界"说探词体之"本" ·:

　　梁启超《〈王静安先生纪念号〉序》云："先生之学，从
弘大处立脚，而从精微处著力；具有科学的天才，而以极严
正之学者的道德贯注而运用之。"① 王国维所立"境界"一说，
不惟从"弘大处"探及词学乃至文学之"本"，亦且从"境
界"的有与无、造与写、大与小、深与浅、有我与无我、隔
与不隔等方面辨析其"精微"。

　　"探本"是王国维以词论史为参照对"境界"说所做的
基本定性，也是后人解读"境界"说本义的重要提示和学理
标准。王国维论词无论是选"意境"，还是用"境界"，根本
目的都是说明词之为词即词之本体究竟是什么的问题。《词
话》手稿第 44 则（删稿第 13 则）云："言气质，言神韵，不
如言境界。有境界，本也。气质、神韵，末也。有境界而二
者随之矣。"手稿第 76 则（刊本第 9 则）又云："沧浪所谓兴

---

① 梁启超：《〈王国维先生纪念号〉序》，初载《国学丛刊》第一卷第三号，1928 年
4 月。引自陈平原、王风编：《追忆王国维》（增订本），生活·读书·新知三联书店
2009 年版，第 86 页。

趣，阮亭所谓神韵，犹不过道其面目；不若鄙人拈出'境界'二字，为探其本也。"[①] 王国维自觉以"境界"论词，表现出强烈的超越古人、突破传统的愿望。在他本人看来，"境界"说与"气质"说、"兴趣"说、"神韵"说等传统文学本体论的区别在于，"境界"探及的是诗词之"本"，而"气质""兴趣""神韵"等传统诗论触及的只是诗词之"末"。

何谓艺术（包括文学）之"本"？对这个问题实际上有两种不同的思考路径：一种是分析求异式探究，即通过对艺术内外诸因素的辨析，试图找到美之为美、艺之为艺、诗之为诗的某种独特品质和特征。其运思特点在于不断区分，寻找差异，缩小外延，确立属于某个艺术类型的特殊标志，以此作为该类艺术的特殊性质——"本"。如：中国古代南朝齐萧子显以"绮縠纷披，宫徵靡曼，唇吻适会，情灵摇荡"等特殊性质属"文"；唐司空图论诗尚"味外之旨""韵外之致"；宋严羽论诗宗"兴趣"；清王渔洋论诗贵"神韵"，沈德潜评诗重"格调"；等等。另一种是综合求通式探究，即试图以全体文化、社会乃至世界为参照，在更加宏观的背景上确定艺术的性质，致力于寻找不同艺术类型之间、艺术与其他文化现象甚或与自然现象之间相通的属性。其用思特点

---

[①] 况周颐、王国维著，徐调孚、周振甫注：《惠风词话·人间词话》，人民文学出版社1960年版，第194页。下引《人间词话》刊本内容均引自此书。

在于综合与求同，忽略不同艺术类型的特殊形式和内容，超越艺术与其他事物的表面差异，在艺术与文化、自然之间建立普遍的联系。如中国传统道家的"道艺"说、儒家的"文以载道"说等，西方则有柏拉图和黑格尔的"理式"说、亚里士多德的"模仿"说、马克思的"意识形态"说、弗洛伊德的"力比多升华"说、荣格的"原型"说、海德格尔和伽达默尔的"真理"说、卡西尔的"文化符号"说等。严格地说，这两种方式所获得的都是对艺术性质的某种认识，而所认识到的艺术性质也都可称为艺术之"本"。所谓"本"，即使一物成为一物的某种性质。但是，"本"又不是某种单一且一成不变之物，"本"会根据事物内外联系的不同而变化，根据联系层次高低和范围大小而有所区别。

意识到艺术、文学之"本"的这种相对性和层次性，便可对王国维关于诗词的"本""末"之分有一个辩证的理解。单独来看，无论是王国维拈出的"境界"，还是传统的"气质""兴趣""神韵"等，这些概念所反映的都是诗词的某个层次之"本"。但比较而言，传统诗论中的以"气质""兴趣""神韵"论诗，其着眼点是诗，甚至是某类诗的特殊性质（如"兴趣"说的范本是盛唐诗，"神韵"说的典型是王孟诗），强调的是诗与其他文体，甚至是某类诗与其他类诗的区别。辨析不可谓不精，但同时对诗所关联的更丰富的人生体验、社会内容和文化内涵则有所不逮。而王国维《词话》推崇的"境界"说当属一种综合求通式"探本"。被广泛征引的《词话》刊本第6则（为刊本增补）很能说明"境界"的这一特点："境非独谓景物也。喜怒哀乐，亦人心中之一境界。故能写真景物、真感情者，谓之有境界。否则谓之无境界。"的确，王国维称"境"既可谓"景物"，又可谓"感情"，还可谓"真景物、真感情"的统一，这些都与《乙稿序》中"意境"的具体所指相同。但"境界"的实际外延又较"意境"更为广泛。"意境"无论分指还是合指，皆不出词中所写；而"境界"所指景物、感情等，不仅存于词内，而且可通于词外。所谓"喜怒哀乐，亦人心中之一境界"，此"境界"即指一般人心中所感。又《词话》附录第16则分"常人境界"与"诗人境界"[①]，所谓"常人境界"也即常人所见之物，所感之情。而且在手稿第2则（刊本第26则），"境界"还可指学问、事业等所臻之领域和层次。

　　"境界"外延的这种包容性和广泛性与"境界"一词的渊源密切相关。在成为诗学概念前，"境界"已被广泛使用：可实指地理，也可虚指文化，可外指景物，也可内指精神，举凡自然、社会、人生、文化、学问、艺术等，皆有其"境界"。而"意境"最初即表示诗人的"意之境"，其范围有明

---

① 况周颐、王国维著，徐绸孚、周振甫注：《惠风词话·人间词话》，人民文学出版社1960年版，第251—252页。

确限制，后虽有所引申，但一直多用作文论概念，不及"境界"一词出入自在。有学者谓"'意境'的内涵显然多了一份诗性气质，这就使'意境'的外延难免有所收缩，这就是说，有'意境'者必然有'境界'，但有'境界'者则未必是'意境'"[1]，很有道理。[2]"境界"一词的这种用法可名曰"其大无外，其细无内"：从外延看，可对诗艺、词艺做最广泛的概括，道明诗艺与其他自然和社会现象的相通之处；就内涵论，又可对诗艺、词艺做既精且细的具体描述和规定。因此，王国维标举"境界"一说，不仅可方便其一探词学与他物的共同之本，而且可方便其推求词学有别于他物的独特之本。相较于其他概念，"境界"一词为王国维论词谈艺提供了最大的理论自由、最开阔的学术视野以及最充分的学理高度。

"境界"所指的宽泛性给其内涵界定造成了不小的困难。迄今所见的"境界"释义，大多是"各照隅隙，鲜观衢路"（《文心雕龙·序志》）。在种种不同的释义背后，又存在着一个大致相同的窘境：当研究者试图界定"境界"的含义

---

[1]　夏中义：《"境界说"新论》，《文艺理论研究》1993年第3期。
[2]　宗白华先生应该也体会到了"境界"对"意境"的这层包含关系，他在《中国艺术意境之诞生》中即是以"境界"为属概念界定"意境"的："什么是意境？人与世界接触，因关系的层次不同，可有五种境界：……学术境界主于真，宗教境界主于神。但介乎后二者的中间，以宇宙人生的具体为对象，赏玩它的色相、秩序、节奏、和谐，借以窥见自我的最深心灵的反映；化实景而为虚境，创形象以为象征，使人类最高的心灵具体化、肉身化，这就是'艺术境界'。"见宗白华：《美学散步》，上海人民出版社2005年版，第120页。

时，却发现很难再找到一个比"境界"概括程度更高的概念；而以外延本已小于"境界"的"形象""景物""感受""意象""意境"等概念来界定"境界"，自然会摸不着头脑，更遑论得其根本。

李长之在《王国维批评著作批判》（1934）一文中曾提出过一个很合乎逻辑的解释："我们日常生活，是处于一个世界里，而在鉴赏文学作品时，我们便仿佛另处于一个世界。这个世界乃是作者所创造的。有的作品可以给我们这一种另一个世界的感觉，有的作品却不能够，这就分出高下来。即在能够使我们有这种感觉的作品之中，而我们所感得的作品的世界也不尽相同，依然有着优劣的悬殊，用王国维的术语，便是'境界'，一方面是不同于作品以外的世界的意思，一方面还有评价的层次的意思。前者是有没有境界的问题，后者是到什么境界的问题。"① 李长之认为"境界"即"作品的世界"。"作品的世界"不仅能涵括"境界"所指的景物、感情及其引申所及的事业、学问、人生等内容而无所遗漏，而且其中心概念"世界"的外延更其广大，堪作解释"境界"的属概念。

李长之对王国维斥"兴趣""神韵"而进"境界"的用

---

① 李长之：《王国维批评著作批判》，原载《文学季刊》卷一第一期，1934年1月，引自李长之：《李长之文集》第七卷，河北教育出版社2006年版，第214—215页。

心也有深刻体会："我们看从前人所谓的兴趣、神韵，其中有一个相同的目的，便是要把文学作品中所感到的东西扼要的说出来。但是终于没弄清楚，有意无意之间，那用语带了形容的意味，兴趣啦，神韵啦，倒是有着形容那作品的成功而加上读者的鉴赏的色彩了，王国维却更常识的，更具体的，换上一个'境界'，我们很可以知道，凡是不清楚而神秘的概念，只是学术还在粗糙的征验，所以王国维的用语，可说一大进步。"①在王国维所区分的"本"与"末"之外，李长之进而指出"兴趣"说与"神韵"说的弊病在于模糊不清、故作神秘，而"境界"的长处在于"更常识""更具体"，能体现出学术的进步。诚然，"境界"说所谓"探本"的要义即在于将诗词观从狭窄、虚空、神秘的体验和说辞中，放归到由真景物、真感情等构成的切实、丰富的社会图景和人生经验中去，使之获得更深广的内容、更蓬勃的生气和更新鲜的创造力。李长之对其"境界"释义也有一个不低的自我评价："我把这'境界'，又换作'作品的世界'，我认为是比王国维的用语还近于科学的，还进步的，学王国维的话：王国维所谓境界，又不若鄙人拈出作品的世界五字为更探其本也。"②所谓"更探其本"，不妨理解为将"境界"内涵解释得

---

① 李长之：《王国维批评著作批判》，《文学季刊》卷一第一期，1934 年 1 月，引自李长之：《李长之文集》第七卷，河北教育出版社 2006 年版，第 216 页。
② 李长之：《王国维批评著作批判》，《文学季刊》卷一第一期，1934 年 1 月，引自李长之：《李长之文集》第七卷，河北教育出版社 2006 年版，第 216 页。

更明确具体、更易为读者把握。

李文的另一重要意义在于扼要分析了"境界"说的理论内涵："一方面是不同于作品以外的世界的意思，一方面还有评价的层次的意思。前者是有没有境界的问题，后者是到什么境界的问题。"李长之已敏锐地意识到"境界"说是描述功能与评价功能的统一。明乎此，即可更好地理解《人间词话》中几乎无处不在的评价意味。如谓"词以境界为最上。有境界则自成高格，自有名句"，视"境界"为词学上乘品质所在——此为总评，其后分"造境"与"写境"（刊本第 2 则）、"有我之境"与"无我之境"（刊本第 3 则），称境界有"大小"（刊本第 8 则），分境界为三层次（刊本第 26 则）等，无不含有区分与评价之意。这种区分与评价又为"境界"一词所本有，克服了"意境"说偏重描述而不显评价的不足。

由对"境界"内涵的上述分析，还可看出"境界"论词的另一个重要特点，即在对词作内容做高度概括的同时，仍不失其具体和丰富。与同为探本之论的传统"文道"论不同的是，"境界"说的探本并不是对词学本质的一种遗形得神式的抽象概括，而是对词学本体存在的完整呈现。其胜处在于超越了主观与客观之分、具象与抽象之分、描述与评价之分，不仅涵括了词学艺术完整而丰富的存在，而且体现了论词者的词学价值立场。借由"境界"的这一表意特点，王国维很自然地打通了艺术、学术、事业及人生之间的界限，将词学观、艺术观与人生观、宇宙观等熔于一炉。"艺术品的境界，写到极处，恋爱，事业，学问可以相通，因为那努力的追求的历程是一致的。诗人便探到了人类精神活动的根本点。"[①] 这段话堪为王国维"境界"说的知音之解。

综上所论，"境界"是王国维描述和评价词作艺术世界的一个词论概念，指的是文学作品中以真景物和真感情见长，有丰富的词学、文化和人生意蕴，呈现为不同类型和层次的艺术世界。

## 研讨专题

1. 从来源上看，《人间词话》的诗学思想和话语有什么特点？这些特点对理解"境界"说的内涵有什么影响？

2. 传统汉语中"境界"一词的语义有什么特点？王国维为什么能够将"三阶级"说改为"三境界"说？二者之间有什么相通之处？

3. "境界"说与"意境"说有什么联系和区别？王国维为什么在《人间词乙稿序》中提出"意境"说的同时还在《人间词话》中以"境界"论词？

4. 王国维为什么说"境界"说是探诗词之"本"，而"神

---

① 李长之：《王国维批评著作批判》，《文学季刊》卷一第一期，1934 年 1 月，引自李长之：《李长之文集》第七卷，河北教育出版社 2006 年版，第 216 页。

韵"说、"兴趣"说只是道其"面目"?"境界"说所探之"本"有何丰富内涵?

## 拓展研读

1. 王国维:《人间词话》(附手稿),人民文学出版社2018年版。

2. 王国维:《〈人间词〉〈人间词话〉手稿》,浙江古籍出版社2005年版。

3. 彭玉平:《人间词话疏证》,人民文学出版社2011年版。

4. 佛雏:《王国维诗学研究》,北京大学出版社1999年版。

5. 陈平原、王风:《追忆王国维》(增订本),生活·读书·新知三联书店2009年版。

6. 罗钢:《传统的幻象——跨文化语境中的王国维诗学》,人民文学出版社2015年版。

7. 彭玉平:《王国维词学与学缘研究》(上下),中华书局2015年版。